Ullstein

ZUM BUCH:

Als Jungen trieben sie sich in den Eingeborenenstädten des Planeten WOLF herum, als Erwachsene haben sie beide für den irdischen Geheimdienst gearbeitet. Dann kam ein Kampf, der sie entzweite. Während sich der Erdenmann Cargill aus dem aktiven Dienst zurückzog, verschwand sein eingeborener Freund Rakhal in einer grausamen Welt, die Terraner nur als Gäste duldet. Jetzt aber braut sich auf WOLF eine Gefahr zusammen: Ein nichtmenschlicher Kult drängt zur Macht – und es hat den Anschein, als sei Rakhal in dessen Machenschaften verwickelt. Trotz aller Warnungen verläßt Cargill die sichere Erd-Enklave und macht sich in der Maske eines Eingeborenen auf einen Weg, der nur im Ungewissen enden kann . . .

ZUR AUTORIN:

Ihr Roman *Die Nebel von Avalon* machte Marion Zimmer Bradley zur internationalen Bestsellerautorin. Berühmt wurde die 1930 in den USA geborene Schriftstellerin jedoch bereits durch ihren *Darkover-Zyklus,* eine Roman-Serie über einen Planeten, dessen Bewohner (Nachkommen gestrandeter Raumfahrer von der Erde) die Technologien und die Machtansprüche ihrer terranischen Vettern ablehnen und aufgrund ihrer Geisteskräfte wahre Wunderdinge vollbringen. Auch in Deutschland gewinnen die *Darkover*-Romane immer mehr Anhänger.

MARION
ZIMMER BRADLEY

Das Tor zum All

ROMAN

Ullstein

ein Ullstein Buch
Nr. 23797
im Verlag Ullstein GmbH,
Frankfurt/M – Berlin
Titel der Originalausgabe:
The Door Through Space
Aus dem Amerikanischen
von Ronald M. Hahn

Ungekürzte Ausgabe

Umschlaggestaltung:
Theodor Bayer-Eynck
Illustration:
Silvia Christoph

Printed in Germany 1995
Gesamtherstellung:
Ebner Ulm
ISBN 3 548 23797 5

Januar 1996
Gedruckt auf alterungs-
beständigem Papier mit
chlorfrei gebleichtem Zellstoff

Die Deutsche Bibliothek –
CIP-Einheitsaufnahme

Bradley, Marion Zimmer:
Das Tor zum All : Roman / Marion Zimmer Bradley. [Aus dem Amerikan. von Ronald M. Hahn]. – Ungekürzte Ausg. – Frankfurt/M ; Berlin : Ullstein, 1996
(Ullstein-Buch ; Nr. 23797)
ISBN 3-548-23797-5
NE: GT

Von derselben Autorin
in der Reihe
Moewig bei Ullstein:

Hasturs Erbe (63515)
Die Flüchtlinge des Roten Mondes (63540)
Reise ohne Ende (63548)
Der verbotene Turm (63553)
Die Zeit der hundert Königreiche (63584)
Landung auf Darkover (63653)
Zauberschwestern (63884)
Die Monde von Darkover (63883)
Herrin der Falken (63886)
Das Schwert des Chaos (63702)
Die Winde von Darkover (62803)
Das Zauberschwert (62807)
Die blutige Sonne (62822)
Rote Sonne über Darkover (62827)
Die Schwarze Schwesternschaft (62846)
Die zerbrochene Kette (62862)
Sharras Exil (62863)
Kräfte der Comyn (62851)
Die Weltenzerstörer (62855)
Freie Amazonen von Darkover (62897)
Herrin der Stürme (62835)
Die Erben von Hammerfell (62861)
Gildenhaus Thendara (62834)
Das Schwert des Aldones (62860)
Der Preis des Bewahrers (62892)
Die Welt der Marion Zimmer Bradley (62864)

Eine Bemerkung der Autorin

Ich habe schon immer schreiben wollen. Aber erst als ich im Alter von sechzehn Jahren die alten Pulp-Science-Fantasy-Magazine entdeckte, wurde aus diesem allgemeinen Verlangen das spezielle Bedürfnis, SF-Abenteuer zu verfassen. Nach einer Reihe von Umwegen entdeckte ich die SF des »Goldenen Zeitalters«: die Ära von Henry Kuttner, C. L. Moore, Leigh Brackett, Edmond Hamilton und Jack Vance. Und während ich noch Ablehnungsbescheide für meine frühen Schreibversuche bekam, änderte sich der Zeitgeist. Abenteuer auf fernen Welten und fremde Dimensionen kamen aus der Mode – in der Science Fiction legte man plötzlich größeren Wert auf die Wissenschaft. Deswegen waren meine ersten Erzählungen geradlinige Science-Fiction-Stories, und ich habe auch nicht vor, davon abzuweichen. Es gibt Platz dafür. Pauschal betrachtet hat jene Art von SF, die uns die morgigen Schlagzeilen so nahe heranholt wie den heutigen Frühstückskaffee, das Massenbewußtsein der modernen, wunderbaren Welt der Wissenschaft, in der wir leben, verbreitert. Sie hat Generationen junger Menschen dabei geholfen, sich in einer rasch veränderten Welt zurechtzufinden.

Aber Moden ändern sich, alte Liebschaften erblühen neu, und jetzt, wo sich Satelliten am Himmel tummeln und zu seltsamen, neuen Monden geworden sind, sind auch die SF-Leser bereit, auf morgen zu warten, um die kommenden Schlagzeilen zu lesen. Ich glaube, es ist wieder einmal der rechte Ort und die rechte Zeit für den Wunsch und das

Bedürfnis, die Wunder und Buntheit der fernen Welten zu schildern, die hinter den Sternen liegen. Welten, die so weit entfernt sind, daß wir sie niemals sehen werden. Deswegen habe ich DAS TOR ZUM ALL geschrieben.

Marion Zimmer Brandley

1

Hinter den Toren des Raumhafens jagten die Männer der Kharsa einen Dieb. Ich hörte ihre schrillen Schreie und ihr Fußgetrappel, aber die Schritte, die sie machten, waren ein wenig zu lang und klangen zu schleifend, als daß sie hätten menschlich sein können: Sie erzeugten in den dunklen und staubigen Straßen, die auf den Hauptplatz zuliefen, zunehmend stärker werdende Echos.

Aber der Platz selbst lag leer im blutigroten Schein von Wolfs mittäglicher Sonne. Das am Himmel hängende mattrote Auge von Phi Coronis, dem alten, sterbenden Stern, gab nur noch bleiches und hitzeloses Licht ab. Die beiden Raumgardisten, die die schwarzen Lederuniformen des Terranischen Imperiums trugen – und an deren Gurten Schocker baumelten –, dösten unter dem Torbogen, an dem das Stern-und-Raketen-Emblem darauf hinwies, daß hier die terranische Domäne anfing. Einer von ihnen, ein stumpfnasiger junger Bursche, der erst vor ein paar Wochen von der Erde gekommen war, lauschte neugierig den Schreien und den eiligen Schritten, ehe er mir das Gesicht zuwandte.

»He, Cargill. Sie können das Kauderwelsch doch verstehen. Was ist denn da draußen los?«

Ich ließ den Torbogen hinter mir und lauschte. Auf dem Platz war immer noch niemand zu sehen. Weiß und dem Wind ausgeliefert lag er da; eine Barriere aus Leere. Auf der einen Seite lagen der Raumhafen und die weißen Wolkenkratzer des terranischen Hauptquartiers; auf der anderen befanden sich eine Ansammlung niedriger Gebäude, der Straßenschrein, das kleine Raumhafencafé, in dem es nach Kaffee und *Jaco* roch, und die finsteren, offenen Mäuler der in die Kharsa einmündenden Straßen – die Altstadt, das Eingeborenenviertel. Doch ich war allein auf dem Platz – allein mit den schrillen Schreien, die jetzt näher kamen und von den mich umgebenden Mauern zurückgeworfen wurden. Allein mit dem Klang zahlreicher Füße, der aus einer der schmutzigen Straßen auf mich zukam.

Dann sah ich ihn rennen und Haken schlagen, während ihm ein Steinhagel um die Ohren flog; jemanden oder etwas Kleines, das einen Umhang trug und sehr gelenkig war. Dahinter kam der immer noch gesichtslose Mob, der heulte und Steine warf. Noch konnte ich keinen der Schreie verstehen, aber daß die Menge blutdürstig war, stand außer Zweifel.

Ich sagte kurz: »Das wird Ärger geben«, dann ergoß sich der Mob auch schon über den Platz. Der fliehende Gnom sah sich einen Moment lang wild um, wobei sich sein Kopf dermaßen schnell bewegte, daß es unmöglich war, auch nur einen flüchtigen Eindruck seines Gesichts zu gewinnen – ob es menschlich oder nichtmenschlich, alltäglich oder bizarr war. Und dann raste er wie ein von einer Schleuder abgeschossener Kieselstein geradewegs auf den Sicherheit symbolisierenden Torbogen zu.

Der hinter ihm herrennende Mob brüllte und schrie und überquerte die Hälfte des Platzes. Nur die Hälfte. Dann – aufgrund jener plötzlichen Intuition, die selbst der aufgedrehtesten Menge etwas Vernunft zurückgibt – hielten die Verfolger unsicher an und sahen sich um.

Ich stellte mich auf die unterste Treppenstufe des HQ-Gebäudes und sah sie mir an.

Die meisten von ihnen waren Chaks; bepelzte, mannshohe Nichtmenschliche aus der Kharsa, aber Angehörige der Unterschicht. Ihr Fell war ungekämmt, und Schmutz und Krankheiten hatten ihre Schwänze räudig werden lassen. Ihre Lederschurze bestanden nur noch aus Fetzen. Einer oder zwei aus der Menge waren menschlich; sie gehörten zum Bodensatz der Kharsa. Aber das Stern-und-Raketen-Emblem, das über den Toren des Raumhafens leuchtete, ernüchterte auch die Blutdürstigsten unter ihnen, und so traten sie auf ihrer Hälfte des Platzes unentschlossen von einem Bein auf das andere.

Eine Zeitlang konnte ich nicht erkennen, wohin sich das Opfer der Meute geflüchtet hatte. Dann sah ich den Gnom wieder: Kaum einen Meter von mir entfernt duckte er sich in den Schatten. Der Mob gewahrte ihn im gleichen Augenblick. Als der Menge bewußt wurde, daß sich der Gnom in die Sicherheit des Torbogens zurückgezogen hatte, fing sie frustriert und wütend an zu heulen. Jemand warf einen Stein. Er flog an meinem Kopf vorbei und hätte mich fast getroffen. Als er vor den Füßen eines schwarzgekleideten Gardisten landete, zuckte der Kopf des Mannes hoch. Dann hatte er plötzlich einen Schocker in der Hand und machte eine drohende Gebärde.

Diese Geste hätte an sich reichen müssen, denn man hatte das terranische Gesetz auf Wolf mit Blut, Feuer und explodierenden Atomen geschrieben. Jedermann kennt seine Grenzen. Die Männer der Raumflotte mischten sich weder in die Angelegenheiten der Altstadt noch in die der anderen Eingeborenensiedlungen ein, aber wenn es auf ihrer eigenen Schwelle zu Gewalttaten kommt und diese sich auf das hinter dem Stern-und-Raketen-Emblem liegende Gebiet erstrecken, folgt die Strafe nicht nur auf dem Fuße, sondern wird auch mit Härte durchgesetzt. Die Drohung hätte also an sich genügen müssen.

Statt dessen stieß die Menge heulende Schmähungen aus.

»Terraner!«

Die beiden Gardisten standen nun Schulter an Schulter hinter mir. Der Junge mit der stumpfen Nase, der nun ein bißchen blaß aussah, rief: »Gehen Sie rein, Cargill! Wenn ich schießen muß . . .«

Sein älterer Begleiter brachte ihn mit einer Geste zum Schweigen. »Warte.« Dann rief er: »Cargill!«

Ich nickte, um zu zeigen, daß ich ihn gehört hatte.

»Sie sprechen doch ihr Kauderwelsch. Sagen Sie ihnen, sie sollen abschieben. Ich will hier keine Schießerei, verdammt noch mal!«

Ich ging hinunter, begab mich auf den offenen Platz und ging über die bröckeligen weißen Steine auf den unruhig hin und her wogenden Mob zu. Obwohl ich wußte, daß die beiden Gardisten hinter mir standen, bekam ich eine Gänsehaut. Dann hob ich die Hand, um ein Zeichen des Friedens zu machen.

»Die Menge soll den Platz räumen«, rief ich im Dialekt der Kharsa. »Dieses Territorium ist dem Frieden verpflichtet. Tragt eure Streitigkeiten anderswo aus!«

Die Menge geriet in Bewegung. Es war ein Schock für sie, statt in Terra-Standard, jener Sprache, die das Imperium Wolf aufgezwungen hatte, in ihrem eigenen Dialekt angesprochen zu werden. Einen kurzen Augenblick lang herrschte Schweigen. Ich hatte schon vor langer Zeit erfahren, daß es von Vorteil war, die Sprachen Wolfs zu beherrschen.

Aber das Schweigen währte nur eine Minute. Dann rief jemand mit lauter Stimme: »Wir gehen erst dann, wenn ihr ihn herausgebt! Er hat keinen Anspruch auf terranischen Schutz!«

Ich näherte mich dem hingekauerten Gnom, der alles tat, um sich vor dem Hintergrund der Mauern noch kleiner zu machen, und stieß ihn mit dem Fuß an.

»Steh auf! Wer bist du?«

Als er sich aufrappelte, glitt die Kapuze von seinem Gesicht. Er zitterte stark. Im Schatten seiner Kapuze sah ich ein bepelztes Gesicht, eine bebende, samtweiche Schnauze und sanfte, große, goldfarbene Augen, die gleichermaßen Intelligenz und Entsetzen ausstrahlten.

»Was hast du getan? Kannst du nicht sprechen?«

Er hielt mir eine Art Bauchladen entgegen, den er bis

dahin unter seinem Umhang verborgen hatte. In ihm war nichts Besonderes. »Spielzeug. Verkaufe Spielzeug. Für Kinder. Haben Sie welche?«

Ich schüttelte den Kopf und schob das Geschöpf weg von mir. Dabei schenkte ich der Anordnung zierlicher handgefertigter Püppchen, kleiner Tiere, Prismen und Kristallklappern kaum mehr als einen raschen Blick. »Du verschwindest besser von hier. Hau ab. Dort hinunter.« Ich deutete auf die Straße.

Wieder fing jemand aus den Reihen des Mobs an zu brüllen. Die Stimme hatte einen äußerst häßlichen Klang. »Er ist einer von Nebrans Spionen!«

»Nebran ...« Der gnomenhafte Nichtmensch brabbelte etwas vor sich hin und geriet dann hinter mir in Bewegung. Ich sah, wie er seinen Körper spannte und so tat, als wolle er in Richtung der Tore verschwinden. Und dann, als die Menge sich darauf eingestellt hatte, lief er quer über den Platz auf den Straßenschrein zu, wobei er in jeder Mauernische Deckung suchte. Ein Steinhagel folgte seinem Fluchtweg. Der kleine Spielzeugverkäufer tauchte im Straßenschrein unter.

Dann hörte ich die Menge entsetzt »Ah, aaah!« rufen. Sie wich zurück, drängte nach hinten. Eine Minute später fing sie an, sich aufzulösen. Aus der Gesamtheit wurden wieder einzelne Wesen, die in den Seitengassen und dunklen Straßen verschwanden, die auf den Platz mündeten. Drei Minuten später lag der Platz wieder leer im Schein der blassen, blutigroten Mittagssonne.

Der Bursche in der schwarzen Lederuniform stieß den angehaltenen Atem aus, fluchte und steckte seine Waffe wieder ein. Mit einem neugierigen Blick fragte er naiv: »Wo ist der kleine Kerl hin?«

»Wer weiß?« Der andere zuckte die Achseln. »Wahrscheinlich hat er sich in einer der Gassen verkrochen. Haben Sie gesehen, wo er hingegangen ist, Cargill?«

Ich ging langsam zum Torbogen zurück. Für mich hatte es so ausgesehen, als sei er in den Straßenschrein gelaufen und habe sich dort in Luft aufgelöst. Aber ich habe lange genug auf Wolf gelebt, um zu wissen, daß man seinen Augen hier nicht trauen kann. Das sagte ich den Männern, und der junge Bursche fluchte erneut. Er war erstaunter, als er zugeben wollte. »Kommt so was hier öfter vor?«

»Ununterbrochen«, versicherte ihm sein Kollege nüchtern und zwinkerte mir heimlich zu. Ich erwiderte sein Blinzeln jedoch nicht.

Der junge Bursche ließ das Thema nicht fallen. »Wo haben Sie ihre Sprache gelernt, Mr. Cargill?«

»Ich bin sehr lange auf Wolf gewesen«, sagte ich, drehte mich auf dem Absatz um und ging auf das Hauptquartier zu. Ich gab mir Mühe, ihnen nicht zuzuhören, aber die Stimmen der Männer folgten mir nach. Sie sprachen zwar leiser, aber nicht leise genug.

»Mensch, weißt du denn nicht, wer das ist? Das ist Cargill vom Geheimdienst! Vor sechs Jahren war er der beste Mann in der ganzen Abteilung. Das war, bevor ...« Die Stimme wurde um ein weiteres Dezibel leiser, und dann hörte ich den jungen Burschen mit zitternder Stimme fragen: »Aber was, zum Teufel, ist mit seinem Gesicht passiert?«

Ich hätte inzwischen daran gewöhnt sein sollen, denn mit dieser Frage, die man mehr oder weniger regelmäßig hinter meinem Rücken stellte, war ich seit sechs Jahren vertraut. Nun, wenn mein Glück anhielt, würde ich sie niemals wieder hören. Ich ging die weißen Stufen des Wolkenkratzers hinauf, um den Rest jener Dinge zu arrangieren, die mich für immer von Wolf wegbringen würden. Ans andere Ende des Imperiums, ans andere Ende der Galaxis – egal wohin. Hauptsache, ich brauchte meine Vergangenheit nicht mehr wie ein Medaillon um den Hals zu tragen – oder eingebrannt in das, was von meinem ruinierten Gesicht übriggeblieben war.

2

Das Terranische Imperium hat sein Banner auf vierhundert Planeten, die mehr als dreihundert Sonnen umkreisen, aufgepflanzt. Aber egal, welche Farbe die Sonne hat oder wie viele Monde am Himmel stehen; egal, wie die Geographie des Planeten aussieht – wenn man ein HQ-Gebäude betritt, ist man auf der Erde. Und vielen, die sich Erdenmenschen nennen, muß die Erde fremd erscheinen, gemessen an der Fremdartigkeit, die ich immer dann verspürte, wenn ich die aus Marmor und Glas bestehende Innenwelt eines solchen Wolkenkratzers betrat. Ich hörte den Klang meiner Schritte, die leise Resonanzen auf dem marmornen Korridor erzeugten, und kniff die Augen zusammen, um sie an das schmerzhafte, kalte Licht der gelben Lampen zu gewöhnen.

Die Verkehrsabteilung mit ihrem Glas, Chrom und poliertem Stahl, ihren Spiegeln, Fenstern und elektronischen Schreibgeräten strahlte Leistungsstärke und Überheblichkeit aus. Der Hauptteil einer Wand wurde von einem Bildschirmüberwachungsgerät eingenommen, der einen Ausblick auf den Raumhafen ermöglichte – eine weiträumige, offene Fläche, die von blauweißen Quecksilberdampflampen erhellt wurde und den angeketteten Turm eines Sternenschiffs zeigte, der von wimmelnden Ameisen umgeben schien. Das Bodenpersonal bereitete das große Schiff auf den morgigen Start vor. Ich schenkte der Szene einen zweiten und einen dritten Blick. Wenn das Schiff abhob, würde ich an Bord sein.

Ich wandte mich vom Monitorbild des Raumhafens ab

und beobachtete mich beim Weitergehen in den überall befestigten Spiegeln: Ich sah einen großen, mageren Mann, den die langen Jahre unter den Strahlen einer roten Sonne hatten blaß werden lassen. Um den Mund herum und auf beiden Wangen sah ich tiefe Narben. Obwohl ich sechs Jahre hinter einem Schreibtisch gesessen hatte, wollte mir der saubere und für eben diese Tätigkeit maßgeschneiderte Anzug noch nicht passen. Und ich erhob mich unbewußt noch immer auf den Fußballen, wenn ich die seltsam gebückte Gangart eines Trockenstädters aus den Coronis-Ebenen imitierte.

Der Angestellte hinter dem Schild BEFÖRDERUNG war ein kleiner, kaninchenhafter Mensch mit Höhensonnenbräune. Er hockte hinter seinem Schreibtisch, der wie ein Miniaturraumhafen wirkte, wie hinter einer Barrikade, als würde es ihm gefallen, dort eingesperrt zu sein. Diensteifrig sah er zu mir auf.

»Kann ich etwas für Sie tun?«

»Mein Name ist Cargill. Haben Sie einen Paß für mich?«

Der Mann starrte. Ein Freipaß zum Betreten eines Sternenschiffs wird einem nur selten ausgehändigt, wenn man kein professioneller Raumfahrer ist, und daß ich nicht in diese Kategorie einzureihen war, schien für ihn offensichtlich zu sein. »Ich sehe mal in meinen Unterlagen nach«, erwiderte er unverbindlich und betätigte mehrere in die Glasbeschichtung seines Schreibtisches eingelassene Knöpfe. Schatten kamen und gingen; ich sah mich halb widergespiegelt, ein verdrehter Schatten in einem Gewirr sich rasch verändernder Farben. Schließlich stabilisierte sich das Muster. Der Angestellte las einige Namen vor.

»Brill, Cameron ... Ah, ja, Cargill, Race Andrew, Abteilung 38, Transferbeförderung. Sind Sie das?«

Ich bestätigte es, und als der Klang meines Namens in dem, was Angestellte für gewöhnlich als Gehirn verwenden, eine Verbindung herstellte, fing er an, eine Reihe weiterer Knöpfe zu drücken. Dann, auf halbem Wege zum nächsten Knopfdruck, hielt er inne.

»Sind Sie Race Cargill vom Geheimdienst, Sir? *Der* Race Cargill?«

»Das steht alles da drin«, sagte ich und deutete mit einer müden Handbewegung auf das Leuchtmuster, das unter der Glasplatte sichtbar wurde.

»Na ja, ich dachte ... Ich meinte, jeder hat es für eine Tatsache gehalten, daß ... Ich meine, ich habe gehört ...«

»Sie dachten, jemand müsse Cargill bereits vor langer Zeit umgebracht haben, weil sein Name nicht mehr in den Nachrichten erwähnt wird?« Ich grinste bitter und sah, wie mein Abbild sich in verwaschene Schatten auflöste. Ich spürte, wie die längst verheilte Narbe an meinem Mund sich hochzog, um mein Grinsen noch schrecklicher zu machen. »Ich bin *der* Cargill, in Ordnung. Ich habe mich sechs Jahre im 38. Stock aufgehalten und Schreibtischarbeiten getan, die jeder andere auch hätte erledigen können. Sie, zum Beispiel.«

Der Mann gaffte mich an. Er war ein Kaninchen, ein Mensch, der die sicheren und bekannten Grenzen der terranischen Handelsstadt niemals verlassen hatte.

»Heißt das, daß *Sie* der Mann sind, der in Verkleidung nach Charin ging und den Liss nachspürte? Der Mann, der die Schwarzen Berge und Shainsa erkundete? Und Sie haben in all diesen Jahren oben an einem Schreibtisch gearbeitet? Das ... ist schwer zu glauben, Sir.«

Ich zog eine Grimasse. Sogar ich hatte es nur schwer glauben können – selbst während meiner Schreibtischtätigkeit.

»Was ist mit meinem Paß?«

»Gleich fertig, Sir.« Er drückte einige Knöpfe, dann fiel ein bedruckter Plastikchip aus einem Schlitz in der Schreibtischoberfläche. »Ihren Fingerabdruck, bitte.« Er drückte meinen Finger auf die noch weiche Oberfläche des

Plastikchips. Mein Abdruck wurde unlöschbar aufgenommen. Der Mann wartete einen Augenblick, damit sich das Material erhärtete, dann legte er den Chip in den Schlitz eines Preßluftrohrs. Ich hörte, wie er weggesaugt wurde.

»Wenn Sie an Bord gehen, wird Ihr Fingerabdruck damit verglichen. Der Abflug findet erst im Morgengrauen statt, aber Sie können an Bord gehen, sobald das Bodenpersonal mit den Startvorbereitungen fertig ist.« Er warf einen Blick auf die Monitorwand. Das Bodenpersonal war immer noch damit beschäftigt, letzte Hand an das unbewegliche Sternenschiff zu legen. »Ein bis zwei Stunden wird's schon noch dauern. Wohin geht denn die Reise, Mr. Cargill?«

»Zu irgendeinem Planeten in der Hyadenwolke. Ich glaube, er heißt Vainwal oder so ähnlich.«

»Und wie ist es dort?«

»Woher soll ich das wissen?« Ich war selbst noch nie dort gewesen. Ich wußte nur, daß Vainwal eine rote Sonne hatte und der amtierende terranische Gesandte einen gutausgebildeten Nachrichtendienstmann brauchen konnte. Und er hatte nicht vor, ihn an einem Schreibtisch festzunageln.

In der Stimme des kleinen Mannes klang nun Respekt – sogar ein bißchen Neid – mit. »Dürfte ich Sie ... zu einem Drink einladen, bevor Sie an Bord gehen, Mr. Cargill?«

»Danke, aber ich muß noch ein paar unerledigte Dinge klären.« Das stimmte natürlich nicht, aber bevor ich meine letzten paar Stunden auf Wolf in der Gesellschaft eines Schreibtischkaninchens verbringen wollte, das es vorzog, seine Abenteuer aus der Sicherheit der zweiten Hand zu erleben, wollte ich lieber zur Hölle fahren.

Aber nachdem ich das Büro und das Gebäude verlassen hatte, wünschte ich mir fast, ich hätte sein Angebot angenommen. Es würde mindestens noch eine Stunde dauern, bis ich an Bord gehen konnte – und in dieser Zeit konnte ich nichts anderes tun, als alten Erinnerungen nachzuhängen; Erinnerungen, die ich lieber vergessen wollte.

Die Sonne stand nun tiefer. Phi Coronis ist ein kraftloser, sterbender Stern, dessen Helligkeit, sobald er den blutigroten Mittagszenit überschritten hat, zu einem blaß-rötlichen Zwielicht wird. Vier oder fünf Monde Wolfs drängten sich auf dem bleichen Himmel und mischten ihr dünnes, violettes Licht mit dem blutroten Sonnenschein.

Die Schatten waren blau und purpurn auf dem leeren Platz, als ich über die Steinplatten ging und auf eine der Seitenstraßen hinabschaute.

Ein paar Schritte weiter – und ich befand mich in einem heruntergekommenen Slum, der sich dermaßen stark von der westlich des Raumhafens erhebenden Sauberkeit und Pracht der Handelsstadt unterschied, daß man glauben konnte, auf einem anderen Planeten zu sein. Die Kharsa war erfüllt von den Geräuschen und Gerüchen menschlichen und nichtmenschlichen Lebens. Ein kleines, nacktes Kind mit einem goldenen Fell jagte zwischen zwei eng beieinanderstehenden Kieselhäuschen dahin und verschwand, wobei es ein Gelächter ausstieß, das sich nach zerbrechendem Glas anhörte.

Ein kleines Tier – halb Schlange, halb Katze – kroch über ein Dach, breitete lederartige Schwingen aus und ließ sich zu Boden gleiten. Der bittere, scharfe Weihrauchgestank aus dem offenen Straßenschrein ließ mich die Nase rümpfen. Als ich daran vorbeiging, warf mir aus dem Inneren eine klobige, nichtmenschliche Gestalt mit grünen Augen einen mürrischen Blick zu.

Ich wandte mich um und ging zurück. Dermaßen nah an der Handelsstadt gab es natürlich keinerlei Gefahren. Selbst auf Welten wie Wolf werden die terranischen Gesetze respektiert, wenn man nur einen Steinwurf von den Toren entfernt ist. Aber im vergangenen Monat war es hier und in Charin zu Krawallen gekommen. Nachdem der

Mob heute gezeigt hatte, wie gewalttätig er sein konnte, konnte es passieren, daß ein einzelner und unbewaffneter Terraner plötzlich als Leiche auf den Treppenstufen des HQ-Gebäudes wieder auftauchte.

Es hatte Zeiten gegeben, in denen ich allein von Shainsa zur Polarkolonie gegangen war. Ich hatte gewußt, wie man mit Nächten dieser Art verschmolz. Schäbig und unverdächtig gekleidet, mit einem abgewetzten Umhang um die Schultern und bis auf den rasiermesserscharfen Skean in der Umhangspange waffenlos, war ich wie ein auf den Fußballen gehender Trockenstädter durch die Nacht geeilt. Ich hatte dabei weder wie ein Terraner geklungen noch so gerochen.

Das Kaninchen im Verkehrsbüro hatte Dinge in mir aufgerührt, die ich viel lieber vergessen hätte. Jetzt waren sechs Jahre vergangen; sechs Jahre, in denen ich hinter einem Schreibtisch einen langsamen Tod gestorben war. Seit dem Tag, an dem Rakhal Sensar mich gezeichnet und mit Narben in mein Gesicht geschrieben hatte, daß ich ein toter Mann war, sobald ich das Gebiet verließ, in dem terranische Gesetze herrschten.

Rakhal Sensar. Ich ballte in ohnmächtiger Wut die Fäuste. *Hätte ich ihn doch nur zwischen die Finger bekommen können!*

Es war Rakhal gewesen, der mir die Schleichwege der Kharsa gezeigt, mir ein Dutzend Stammesdialekte beigebracht und mich die Zwitscherrufe der Ya-Männer, die Kultur der Katzenwesen aus den Regenwäldern, das Rotwelsch der Diebesgilde und die Gangart der Trockenstädter aus Shainsa, Daillon und Adcarran – den ausgedörrten Orten aus staubigem Salzgestein, die sich auf dem Grund der verschwundenen Ozeane Wolfs befinden – gelehrt hatte. Rakhal stammte aus Shainsa. Er war ein Mensch, so groß wie jemand von der Erde, wind- und wettergegerbt, und hatte, seit wir Jungen gewesen, für den terranischen

Nachrichtendienst gearbeitet. Wir hatten zusammen unsere gesamte Welt bereist und unseren Spaß dabei gehabt.

Und dann, aus einem Grund, der mir noch immer nicht völlig klar war, war alles zu Ende gewesen. Selbst jetzt wußte ich noch nicht ganz genau, was an jenem Tag für seinen Zornesausbruch verantwortlich gewesen war, der in Gewalttätigkeiten und seiner schlußendlichen Explosion geendet hatte. Dann war er verschwunden und hatte mich als Gezeichneten zurückgelassen. Und als einsamen Menschen, denn Juli war mit ihm gegangen.

Ich ging durch die Straßen des Slums, ohne daß meine Augen etwas wahrnahmen. Meine Gedanken kreisten in altvertrauten Bahnen. Ich sah Juli, meine kleine Schwester, die sich an Rakhals Hals klammerte. Ihre grauen Augen, die mich haßerfüllt anstarrten. Ich hatte sie niemals wiedergesehen.

Das war vor sechs Jahren gewesen. Ein weiteres Abenteuer hatte mir gezeigt, daß es mit meiner Nützlichkeit für den Nachrichtendienst aus war. Rakhal war zwar untergetaucht, aber er hatte mir etwas zurückgelassen: Mein Name stand auf allen Todeslisten außerhalb der sicheren Grenzen der terranischen Rechtsprechung. Als Gezeichneter war ich in die langsame Stagnation einer Schreibtischtätigkeit zurückgekehrt. Ich hatte es so lange ausgehalten, wie ich es konnte.

Als es schließlich zu schlimm geworden war, hatte sich Magnusson meiner erbarmt. Er war der Chef des terranischen Nachrichtendienstes auf Wolf, und obwohl ich dazu bestimmt war, sein Nachfolger zu werden, hatte er Verständnis für meine Kündigung gezeigt. Magnusson hatte mir den Transfer und den Paß besorgt, und heute abend würde ich gehen.

Inzwischen hatte ich den Raumhafen fast wieder erreicht. Ich war in der Nähe des Straßenschreins, der am Rande des Platzes stand. Hier war der kleine Spielzeugverkäufer verschwunden, aber der Schrein unterschied sich in nichts von den Tausenden und Abertausenden anderer Straßenschreine auf Wolf. Vor dem Standbild von Ebran, dem Krötengott, dessen Gesicht und Standbild man überall auf Wolf begegnen kann, qualmte ein ätzend riechender Weihrauchklumpen. Ich musterte den häßlichen Götzen eine Weile, dann ging ich langsam weiter.

Die erhellten Vorhänge des Raumhafencafés zogen meine Aufmerksamkeit auf sich. Ich ging hinein. An der Theke standen ein paar Angehörige des Bodenpersonals und tranken Kaffee. Zwei bepelzte Chaks lungerten am anderen Ende des Raums unter den Spiegeln herum, und ein Trockenstädter-Trio – hagere, wettergegerbte Männer in blutroten und blauen Umhängen – stand an einem Wandbrett und verzehrte mit zurückhaltender Würde ein irdisches Mahl.

In meiner Bürokleidung kam ich mir auffälliger vor als die Chaks. Was hatte ein Zivilist hier zwischen den Uniformen der Raumfahrer und dem farbenfrohen Glanz der Trockenstädter überhaupt verloren?

Ein Mädchen mit Stupsnase und alabasterfarbenem Haar kam und nahm meine Bestellung entgegen. Ich bestellte *Jaco* und *Bunlet* und trug mein Essen zu dem Wandbrett in der Nähe der Trockenstädter. Ihr Dialekt klang in meinen Ohren weich und vertraut. Ohne auch nur im geringsten den Gesichtsausdruck zu ändern oder seiner Stimme einen anderen Tonfall zu geben, fing einer von ihnen plötzlich an, ausführliche Kommentare über mein Hereinkommen, mein Äußeres, meine Vorfahren und meine persönlichen Ansichten abzugeben – und zwar ausnahmslos im farbenfrohen, obszönen Dialekt von Shainsa.

Das war mir schon vorher passiert. Was man auf Wolf für Humor hält, ist nur bedingt menschlich zu nennen. Der größte Spaß, den man sich erlauben kann, besteht darin, einen Fremden, vorzugsweise jemanden von der Erde, offen zu kritisieren und zu beleidigen: in einer Sprache, die er nicht versteht, und ohne dabei die Miene zu verziehen. So wie ich angezogen war, konnten sie annehmen, mit mir ein leichtes Spiel zu haben.

Hätte ich den Redner angesehen oder eine beleidigende Bemerkung gemacht – ich hätte auf immer mein Gesicht, beziehungsweise das, was die Trockenstädter *Kihar* nennen, verloren. Also beugte ich mich zu ihnen hinüber und erwiderte in ihrem eigenen Dialekt, daß ich irgendwann in der Zukunft, zu einer unbestimmten Zeit, die Gelegenheit beim Schopfe ergreifen und sie ihrerseits mit Komplimenten bedenken würde.

Unter normalen Umständen hätten die drei jetzt lachen, irgendeine lustige Bemerkung über meinen Sprachgebrauch machen und die Hände kreuzen müssen, um anzuzeigen, daß sie nur auf einen Scherz ausgewesen seien. Dann hätten wir uns gegenseitig einen Drink spendiert und die Sache auf sich beruhen lassen.

Aber es kam anders. Ganz anders. Der größte der drei Trockenstädter wirbelte herum und stieß dabei seinen Drink um. Ich hörte ein dünnes Klirren; dann, als ein Stuhl umkippte, vernahm ich den Schrei des Mädchens mit dem alabasterfarbenen Haar. Die drei Trockenstädter standen nun nebeneinander, und einer von ihnen nestelte an der Spange seines Umhangs.

Ich wich zurück und griff mit der Hand nach dem Skean, den ich schon seit sechs Jahren nicht mehr trug. Dann nahm ich Kampfstellung ein und hoffte darauf, daß aus dieser Sache nichts Schlimmeres als eine Prügelei werden würde. Töten würden sie mich nicht, dazu befanden wir uns zu nahe am HQ, aber trotzdem steckte ich in einer unerfreulichen Lage. Mit drei Männern konnte ich kaum fertig werden, und so wie die Stimmung in der Kharsa momentan war, war es nicht unmöglich, daß ich ein Messer zwischen die Rippen bekam. Rein zufällig natürlich.

Die Chaks stöhnten auf und plapperten durcheinander. Die Trockenstädter sahen mich finster an. Ich wartete darauf, daß ihr intensives Starren einer gewalttätigen Explosion wich.

Dann stellte ich fest, daß sie nicht mich, sondern jemanden musterten, der irgendwo hinter mir stand. Blitzschnell ließen sie ihre Skeans unter den Umhängen verschwinden.

Schließlich gaben sie auf, wandten sich um und ergriffen die Flucht. Sie *flüchteten* tatsächlich, stießen Tische, Bänke und Stühle um; alles, was sich ihnen in den Weg stellte. Einer der Männer fiel gegen den Tresen, fluchte und rannte humpelnd hinaus. Ich stieß den Atem aus. Irgend etwas hatte den drei Schlägern Respekt eingeflößt – und das war sicherlich nicht mein häßliches Aussehen gewesen. Ich drehte mich um und sah das Mädchen.

Sie war von schmächtiger Statur und hatte gewelltes Haar, das wie gesponnenes schwarzes Glas aussah. Ihr Kopf schien von einem matten Hauch von Sternenlicht umgeben zu sein. Ein schwarzer, gläserner Gurt umspannte ihre schlanken Hüften wie zwei sie umfangende Hände, und ihr hellweiß leuchtendes Gewand war auf der Brust mit einer abstoßenden Stickerei versehen: dem Abbild des allgegenwärtigen Krötengottes Nebran. Ihre Gesichtszüge waren zierlich, blaß und wirkten wie gemeißelt. Sie hatte ein Trockenstädtergesicht, das zwar absolut menschlich und feminin aussah, aber von einer fremdartigen, unirdischen Ruhe erfüllt war. Sie hatte große, albinoartige Augen, die sich nicht bewegten und auch kaum etwas zu sehen schienen, aber ihre dunkelroten Lippen verzogen sich zu einem boshaften, unmenschlichen Lächeln.

Sie stand da, ohne sich zu bewegen, und sah mich an, als frage sie sich, warum ich nicht zusammen mit den anderen geflohen war. Eine halbe Sekunde später erstarb ihr Lächeln und wurde durch einen erstaunten Blick ersetzt, in dem ich so etwas wie Erkenntnis zu sehen glaubte.

Wer oder was sie auch war, sie hatte mich aus einer heiklen Lage gerettet. Als ich mich anschickte, ihr ein formelles Wort des Dankes zu sagen, erkannte ich, daß sich das Café geleert hatte und wir völlig allein waren. Ich brach ab. Sogar die Chaks hatten durch das offene Fenster das Weite gesucht. Ich sah nur noch das Ende eines verschwindenden Schwanzes.

Wir standen wie angewurzelt da und sahen einander an, während die Gestalt des Krötengottes auf ihrer Brust sich bei jedem Atemzug hob und senkte.

Ich ging einen Schritt auf sie zu, aber sie wich im gleichen Moment einen Schritt zurück. Mit einer äußerst raschen Bewegung war sie wieder auf der dunklen Straßen verschwunden. Es kostete mich zwar nur eine Sekunde, ihr ins Freie hinaus zu folgen, aber als ich die Tür passierte, lag plötzlich eine unmerkliche Bewegung in der Luft. Es war, als würden mittags über den Salzebenen Hitzewellen aufsteigen. Dann war der Straßenschrein leer, und von dem Mädchen war kein Anzeichen mehr zu erblicken. Es war verschwunden. Es war einfach nicht mehr da.

Ich starrte fassungslos auf den leeren Schrein. Sie war hineingegangen und verschwunden wie eine Rauchsäule, wie ...

Wie der kleine Spielzeugverkäufer, den man aus der Kharsa verjagt hatte.

Ich merkte, daß ich beobachtet wurde, und als mir zu Bewußtsein kam, wo ich mich befand, ging ich weiter. Man kann die Schreine Nebrans auf Wolf an jeder Ecke finden, aber dies ist ein Beispiel dafür, daß Vertrautheit keine Mißachtung hervorruft. Die Straße war dunkel und schien leer zu sein, aber überall konnte man Anzeichen von Leben feststellen. Ich war nicht unbeobachtet, und wer sich allzusehr an einem Straßenschrein zu schaffen machte, mußte wissen, daß dies ebenso gefährlich war, wie drei mit Skeans ausgerüsteten, frechen Trockenstädtern gegenüberzustehen.

Ich drehte mich um und überquerte zum letzten Mal den Platz. Dann wandte ich mich dem finster vor mir aufragenden Leib des Sternenschiffes zu und stufte das Mädchen als eines jener Rätsel ein, die ich niemals lösen würde.

Wie ich mich irrte!

3

Am Raumhafentor tauschte ich einen kurzen Gruß mit den Posten aus und warf einen letzten Blick auf die Kharsa. Eine Minute lang spielte ich mit dem Gedanken, einfach in einer der Straßen zu verschwinden. Es ist nicht schwer, hier unterzutauchen, wenn man weiß, wie man es anstellen muß. Und ich wußte es – oder hatte es einmal gewußt. Loyalitätsgefühle gegenüber Terra? Was hatte mir Terra denn gegeben – außer einem Vorgeschmack auf Buntheit und Abenteuer in den Trockenstädten, den man mir später wieder weggenommen hatte?

Wenn ein Mann von der Erde viel Glück hat und sehr sorgfältig zu Werke geht, kann er vielleicht zehn Jahre beim Nachrichtendienst überdauern. Ich hatte zwei Jahre mehr, als mir zustand, und ich wußte immer noch genug, um meine irdische Identität wie einen abgetragenen Mantel hinter mir zurücklassen zu können. Ich hätte nach Rakhal suchen, Rache nehmen und Juli wiedersehen können . . .

Aber wie hätte ich ihr gegenübertreten sollen? Als Mörder ihres Gatten? Auf Wolf sind Blutfehden ein schreckliches und reglementiertes Ritual und unterliegen einem bestimmten Kodex. Wenn ich die Grenzen des irdischen Strafrechts verließ, würde ich früher oder später auf Rakhal stoßen. Und dann würde einer von uns sterben.

Ich warf noch einmal einen kurzen Blick zurück und musterte die dunklen, bevölkerten Straßen, die vom Hauptplatz wegführten. Dann wandte ich mich den blauweißen Lichtern zu, die meinen Augen weh taten – und ging auf das riesige, finster vor mir aufragende Sternenschiff zu.

Ein weißgekleideter Steward überprüfte meinen Fingerabdruck und führte mich in eine Kammer von der Größe eines Sarges. Er brachte mir Kaffee und Sandwiches – schließlich war ich ja im Raumhafencafé nicht zum Essen gekommen –, hob mich in den Skyhook, schnallte mich fachmännisch und schnell in die Beschleunigungspolster und zog die Garensen-Gurte dermaßen fest, daß mein ganzer Körper schmerzte. Dann drang eine lange Nadel in meinen Arm – das Narkotikum, das mich während der gesamten Reise vor dem schrecklichen Druck der interstellaren Beschleunigung bewahren würde.

Türen schlugen, ein vibrierendes Summen erfüllte die untere Schiffshälfte, Männer eilten durch die Korridore und riefen einander Anweisungen in der Sprache der Raumhäfen zu. Ich verstand nur jedes vierte Wort und schloß unbekümmert die Augen. Am Ende der Reise würde ein anderer Stern auf mich warten. Eine andere Welt, eine andere Sprache. Ein neues Leben.

Seit ich erwachsen war, hatte ich auf Wolf gelebt. Juli war unter der roten Sonne ein Kind gewesen. Aber es waren ein Paar großer, roter Augen und schwarze, in geringelte Locken gelegtes, glasähnliches Haar, die mit mir zusammen in die bodenlose Tiefe des Schlafes hinabgingen . . .

Jemand schüttelte mich.

»Na, kommen Sie schon, Cargill. Wachen Sie auf, Mann. Schwingen Sie die Hufe!«

Meine Lippen versuchten die Umrisse einiger Wörter zu ertasten. Ich hatte einen faulen Geschmack im Mund und meine Stimme nicht unter Kontrolle. »Wa' is' paffiert? Waf wollen Sie?« Meine Augenlider flatterten. Als ich endlich sehen konnte, erkannte ich, daß sich zwei in schwarzes Leder gekleidete Männer über mich beugten. Wir hatten das Schwerefeld noch nicht verlassen.

»Kommen Sie aus dem Skyhook raus. Sie kommen mit uns.«

»Wa . . .« Trotz des mich betäubenden Beruhigungsmittels verstand ich sie. Nur ein Krimineller kann laut interstellarem Gesetz von einem Passagierschiff geholt werden, nachdem er ordnungsgemäß an Bord gegangen ist. In diesem Augenblick war ich – gesetzlich gesehen – auf meinem Zielplaneten.

»Ich stehe nicht unter Anklage . . .«

»Habe ich etwa das Gegenteil behauptet?« schnappte einer der Männer.

»Halt den Rand, er ist doch betäubt«, sagte der andere Mann eilig. »Hören Sie«, fuhr er fort, wobei er jedes einzelne Wort laut und deutlich betonte, »Sie stehen jetzt auf und kommen mit. Der Koordinator wird den Start verschieben müssen, wenn wir nicht in drei Minuten von Bord sind – und dann wird es ein großes Geschrei geben. Kommen Sie jetzt, bitte.«

Dann stolperte ich durch einen erhellten, leeren Korridor, wurde von den beiden Männern gestützt und machte mir irgendwie klar, daß die Mannschaft mich nun für einen Gesuchten halten mußte, der irgendwie versucht hatte, den Planeten zu verlassen.

Die Schleusentür teilte sich. Ein uniformierter Raumfahrer beobachtete uns und deutete ärgerlich auf eine Uhr. Mit nörgelnder Stimme sagte er: »Das Abfertigungsbüro . . .«

»Wir tun ja schon, was wir können«, sagte einer meiner Begleiter. »Können Sie gehen, Cargill?«

Ich konnte gehen, obwohl meine Beine auf den Leitern

immer noch zitterten. Kleine Windböen wehten mir Sandkörner ins Gesicht. Die beiden Uniformierten behüteten mich wie ihren Augapfel und führten mich zwischen sich zum Tor.

»Was, zum Teufel, hat das alles zu bedeuten? Ist etwas mit meinem Paß nicht in Ordnung?«

Einer der Uniformierten sagte kopfschüttelnd: »Woher soll ich das wissen? Magnusson hat uns einen Befehl gegeben. Das tragen Sie besser mit ihm persönlich aus.«

»Das werde ich auch«, murmelte ich. »Darauf können Sie Gift nehmen.«

Die beiden sahen sich an. »Zum Teufel«, sagte dann einer von ihnen. »Er steht nicht unter Arrest. Also brauchen wir ihn auch nicht wie einen ertappten Verbrecher herumzuschleifen. Können Sie jetzt alleine gehen, Cargill? Sie wissen doch, wo das Geheimdienstbüro ist, nicht wahr? Im 38. Stock. Der Chef will Sie sehen, also beeilen Sie sich.«

Ich wußte, daß es keinen Zweck hatte, Fragen zu stellen, denn die beiden Männer wußten offensichtlich auch nicht mehr als ich. Ich fragte trotzdem.

»Wird das Schiff auf mich warten? Ich wollte eigentlich heute abfliegen.«

»Aber nicht mit diesem Schiff«, erwiderte der Uniformierte und deutete mit dem Kopf auf den Raumhafen. Ich schaute zurück und sah gerade noch, wie das Sternenschiff in einer Staubwolke abhob. Es wurde kurz von den Scheinwerfern des Landefeldes erhellt, dann verschwand es spurlos in den über uns hängenden Wolken.

Ich bekam allmählich wieder einen klaren Kopf. Mein Ärger beschleunigte den Prozeß noch. Das HQ-Gebäude lag in der stillen Kühle des Morgengrauens und war leer. Ich mußte einen vor sich hin dösenden Lift-Operator wekken, und als der Aufzug nach oben schoß, nahm meine Wut noch zu. Ich arbeitete nicht mehr für Magnusson. Mit welchem Recht konnte er – oder irgendein anderer – mich wie einen Verbrecher aus einem Sternenschiff holen lassen, das kurz vor dem Start stand? Als ich in sein Büro stürmte, war ich kampfbereit.

Das Geheimdienstbüro lag im Schein gelber Lampen, aber es hatte auch noch etwas von dem grau-orangenen Licht der sich zu Ende neigenden Nacht. Magnusson saß hinter seinem Schreibtisch. Er wirkte, als hätte er die ganze Nacht in seiner zerknitterten Uniform geschlafen. Er war ein Stier von einem Mann. Sein überladener Schreibtisch sah aus wie immer – als wäre ein Taifun aus den Salzebenen über ihn hinweggefahren.

Da und dort wurde der Wirrwarr von Bildwürfeln der fünf Magnusson-Sprößlinge niedergehalten, und wie üblich spielte Magnusson mit einem der Würfel herum. Ohne aufzuschauen, sagte er: »Tut mir leid, daß ich dich in letzter Minute rausholen lassen mußte, Race. Ich hatte leider keine Zeit für lange Erklärungen. Ich konnte nur noch den Befehl geben, dich vorzuführen.«

Ich sah ihn wütend an. »Es sieht ganz so aus, als könnte ich den Planeten nicht mal verlassen, ohne Ärger zu kriegen! Die ganze Zeit, in der ich hier war, hat man mir die Hölle heiß gemacht, aber wenn ich versuche wegzugehen ... Was hat das überhaupt zu bedeuten? Ich bin es satt, immer nur herumgestoßen zu werden!«

Magnusson machte eine beschwichtigende Geste. »Warte ab, bis du gehört hast ...«, fing er an, aber dann unterbrach er sich und musterte jemanden, der vor seinem Schreibtisch auf einem Stuhl saß und mir den Rücken zuwandte. Die Gestalt fuhr herum – und ich blieb stehen, blinzelte und fragte mich, ob ich möglicherweise Halluzinationen hatte und gleich weit draußen im Weltraum in meinem Skyhook aufwachen würde.

Dann rief eine Frau: »Race! *Race!* Kennst du mich denn nicht mehr?«

Wie betäubt machte ich einen Schritt nach vorn, dann noch einen. Dann flog sie durch den uns noch trennenden Raum auf mich zu, schlang die dünnen Arme um meinen Hals, und ich fing sie – immer noch ungläubig – auf.

»*Juli!*«

»Oh, Race, ich wäre beinahe zugrunde gegangen, als Mack mir sagte, du würdest heute abend abfliegen. Das einzige, was mich am Leben gehalten hat, war das Wissen, daß ich dich bald wiedersehen würde.« Sie weinte und lachte gleichzeitig und drückte ihr Gesicht gegen meine Schulter.

Ich ließ sie eine Zeitlang gewähren, dann schob ich meine Schwester eine Armeslänge von mir. Für einen Moment hatte ich ganz vergessen, daß inzwischen sechs Jahre vergangen waren. Nun sah ich es, jedes Jahr einzeln, eingeprägt in ihrem Gesicht. Juli war ein hübsches Mädchen gewesen. Die vergangenen sechs Jahre hatten sie zu einer Schönheit werden lassen – aber die Stellung ihrer Schultern zeigte an, daß sie unter Spannungen litt. Und ihre grauen Augen hatten Entsetzliches gesehen.

Unter den knappen Falten ihres Trockenstädter Pelzgewandes sah sie winzig, dünn und unerträglich zerbrechlich aus. Ihre Handgelenke waren gefesselt, die juwelenbesetzten, engen Armbänder waren zusammengebunden mit den Gliedern einer langen, feinen Kette aus vergoldetem Silber. Sie klirrten leise, als Juli die Arme sinken ließ.

»Was ist los, Juli? Wo ist Rakhal?«

Nun zitterte sie. Ich sah, daß sie sich in einem Schockzustand befand.

»Weg. Er ist weg, mehr weiß ich nicht. Und – oh, Race, Race, er hat Rindy mitgenommen!«

Die Tonlage, in der sie das sagte, ließ mich glauben, daß sie schluchzte. Jetzt bemerkte ich, daß ihre Augen feucht waren. Sie hatte längst keine Tränen mehr. Ich löste sanft ihre verkrampften Finger und drückte sie auf den Stuhl zurück. Sie saß da wie eine Marionette, und als sie die Arme hängen ließ, klirrten leise ihre Ketten. Als ich sie nahm und in ihren Schoß legte, blieben sie bewegungslos. Ich baute mich neben ihr auf und sagte: »Wer ist Rindy?«

Sie rührte sich nicht.

»Meine Tochter, Race. Unsere Kleine.«

Mit rauher Stimme warf Magnusson ein: »Nun, Cargill, hätte ich dich abfliegen lassen sollen?«

»Red keinen Blödsinn!«

»Ich hatte schon befürchtet, du würdest dem armen Kind sagen, es solle mit seinen Irrtümern selber fertig werden«, brummte Magnusson. »Fähig dazu wärst du wohl.«

Zum ersten Mal zeigte Juli eine Regung. »Ich hatte Angst, hierherzukommen, Mack. Auch du hast nie gewollt, daß ich Rakhal heirate.«

»Was geht mich mein Geschwätz von gestern an«, grunzte Magnusson. »Außerdem habe ich selber Kinder, mein Fräulein ... äh, Frau ...« Er hielt inne, war etwas durcheinander, denn nun fiel ihm ein, daß eine unpassende Anrede in den Trockenstädten einer tödlichen Beleidigung gleichkommen konnte.

Juli schätzte seine Verwirrung richtig ein.

»Du hast mich immer Juli genannt, Mack. Das reicht auch heute noch.«

»Du hast dich verändert«, sagte er leise. »Na schön, Juli. Aber nun erzählst du Race das, was du mir erzählt hast. Von vorne bis hinten.«

Juli wandte sich mir zu. »Wäre es nur um mich gegangen, wäre ich nie gekommen ...«

Das war mir klar. Juli war stolz; sie war stets stark genug gewesen, sich ihren eigenen Irrtümern zu stellen. Als ich den ersten Blick auf sie geworfen hatte, war mir klargewesen, daß es hier nicht um eine einfache Sache wie das Genörgel einer verstoßenen oder verlassenen Ehefrau und Mutter ging. Ich nahm Platz, sah sie an und hörte ihr zu.

»Du hast einen Fehler gemacht, als du Rakhal aus dem Geheimdienst warfst, Mack«, fing sie an. »Auf seine Art war er der loyalste Mitarbeiter, den ihr auf Wolf hattet.«

Magnusson hatte offenbar nicht erwartet, daß sie auf dieses Thema zu sprechen kam. Etwas aus der Fassung gebracht, runzelte er die Stirn und rutschte unruhig auf seinem großen Sessel hin und her. Da Juli nicht weitersprach, sondern allem Anschein nach auf eine Antwort wartete, sagte er: »Juli, er hat mir keine andere Wahl gelassen. Ich habe nie verstanden, wie sein Geist arbeitete. Und das letzte Ding, das er anleierte – hast du irgendeine Vorstellung davon, wie teuer diese Sache den Geheimdienst kam? Hast du dir eigentlich schon mal das Gesicht deines Bruders genau angesehen, Juli-Mädchen?«

Juli hob langsam den Blick. Sie zuckte zusammen. Ich wußte, wie sie sich fühlte. Ich hatte drei Jahre meinen Spiegel verhängt und mir einen wilden Bart stehenlassen, weil er die Narben verdeckte und mir den Schmerz ersparte, mich beim Rasieren ansehen zu müssen.

Juli sagte leise: »Rakhal sieht nicht besser aus. Im Gegenteil.«

»Das befriedigt mich etwas«, sagte ich. Mack starrte uns verwundert an. »Ich weiß heute noch nicht, um was es damals überhaupt ging.«

»Das wirst du auch nie erfahren«, sagte ich zum hundertsten Male. »Darüber haben wir schon früher gesprochen. Niemand würde es verstehen – es sei denn, er hätte irgendwann einmal in den Trockenstädten gelebt. Reden wir nicht mehr davon. Sprich weiter, Juli. Was hat dich hierhergeführt? Was ist mit dem Kind?«

»Ich weiß nicht, wie ich dir das Ende erzählen soll, ohne am Anfang zu beginnen«, sagte sie ruhig. »Anfangs hat Rakhal als Händler in Shainsa gearbeitet.«

Das überraschte mich nicht. Die Trockenstädte waren der Kern des terranischen Handels auf Wolf, und es lag an ihrer Kooperationsbereitschaft, daß die Erde auf dieser Welt, die – wenn überhaupt – nur zur Hälfte menschlich war, in Frieden existieren konnte.

Die Männer der Trockenstädte nahmen zwischen den beiden Welten eine Art Sonderstellung ein. Da sie schon mit den ersten terranischen Schiffen Handel getrieben hatten, war es ihnen zu verdanken, daß die Erde einen Fuß in die Tür Wolfs bekommen hatte. Dennoch waren sie stolz und blieben unter sich. Allein die Trockenstädter hatten sich erfolgreich gegen die Terranisierung behauptet, die früher oder später jeden Planeten des Imperiums erfaßte.

In den Trockenstädten gab es keine Handelsstationen – ein Erdenmensch, der sich ohne Schutz dorthin begab, sah Tausenden von Toten ins Angesicht, und jeder war schlimmer als der andere. Es gab Leute, die behaupteten, daß die Männer von Shainsa, Daillon und Adcarran den Rest des Planeten Wolf an die Terraner verschachert hatten, um sie von ihrer eigenen Tür fernzuhalten.

Sogar Rakhal, der seit seiner Jugend für die terranischen Autoritäten gearbeitet hatte, war schließlich an einen Punkt gekommen, an dem er sich hatte entscheiden müssen. Er war seiner eigenen Wege gegangen – und die hatten mit der Erde nichts zu tun.

Genau das sagte uns auch Juli.

»Es gefiel ihm nicht, was Terra mit Wolf anstellt. Und ich bin mir nicht mal sicher, ob es mir gefällt . . .«

Magnusson unterbrach sie erneut. »Weißt du, wie es auf Wolf aussah, bevor wir hierherkamen? Hast du die Sklavenkolonie gesehen? Das Idiotendorf!? Dein eigener Bruder ist nach Shainsa gegangen, um . . .«

»Und Rakhal hat ihm dabei geholfen!« warf Juli ein. »Sogar nach seinem Weggang hat er noch versucht, sich aus diesen Dingen herauszuhalten. Er hätte eine Menge erzählen können, nachdem er zehn Jahre beim Nachrichtendienst war; Dinge, die euch eine Menge Kopfschmerzen bereitet hätten.«

Das war mir klar. Das war auch der Grund, aus dem ich mein Bestes getan hatte, um ihn während seines schrecklichen Wutausbruchs, den ein normales terranisches Bewußtsein kaum begreifen konnte, umzubringen. Was ich Juli natürlich niemals hätte erzählen können. Danach hatten wir beide gewußt, daß der Planet nur einen von uns würde ertragen können. Wir konnten nur weiterleben, indem wir uns voneinander trennten. Mir war der langsame Tod in der terranischen Enklave beschieden. Und Rakhal der Rest der Welt.

»Aber er hat niemandem etwas erzählt! Ich versichere euch, er war einer der loyalsten . . .«

»Er ist ein Engel«, grunzte Mack. »Aber sprich ruhig weiter.«

Sie tat es nicht. Jedenfalls nicht sofort. Statt dessen stellte sie eine Frage, die auf den ersten Blick völlig irrelevant klang. »Stimmt es, was er mir erzählt hat? Daß das Imperium demjenigen eine Belohnung verspricht, der einen funktionsfähigen Materietransmitter vorführen kann?«

»Dieses Angebot gilt seit dreihundert Jahren terranischer Zeitrechnung. Eine Million Kredite bar auf die Hand. Du willst mir doch wohl nicht erzählen, daß er im Begriff war, einen zu finden?«

»Ich glaube nicht. Aber ich nehme an, er hat Gerüchte darüber gehört. Er sagte, daß man mit diesem Geld die Terraner sofort aus Shainsa heraushandeln könne. Damit hat es angefangen. Kurz darauf fing er an, zu den unmöglichsten Zeiten zu kommen und zu gehen. Er hat nie wieder ein Wort darüber verloren. Er hat überhaupt nicht mehr mit mir geredet.«

»Wann war das?«

»Vor etwa vier Monaten.«

»Mit anderen Worten – ungefähr zu dem Zeitpunkt, als es in Charin zu Krawallen kam.«

Sie nickte. »Ja. Als der Geisterwind wehte, hielt er sich in Charin auf, und als er zurückkam, war er von Messerstichen am Schenkel verletzt. Ich fragte ihn, ob er irgendwie in die antiterranischen Ausschreitungen hineingeraten sei, aber er wollte mir nichts sagen. Race, ich verstehe wirklich nichts von Politik; sie ist mir auch egal. Aber um diesen Zeitpunkt herum wechselte das Große Haus von Shainsa in andere Hände über. Ich bin sicher, daß Rakhal etwas damit zu tun gehabt hat. Und dann ...« – Juli verschränkte die Hände auf ihrem Schoß –, »... dann versuchte er, Rindy in diese Angelegenheit hineinzuziehen. Es war furchtbar und abscheulich. Er brachte ihr irgendein nichtmenschliches Spielzeug mit, das aus einer der Tieflandstädte – möglicherweise aus Charin – stammte. Es war ein schreckliches Ding, das mir Furcht einflößte. Aber er setzte Rindy in die Sonne, ließ sie in das Ding hineinschauen und allerhand Unsinn über kleine Menschen, Vögel und einen Spielzeugmacher plappern.«

Als Juli die Handflächen aufeinanderlegte, klirrten die an ihren Gelenken befestigten Ketten. Ich musterte die Fesseln mit einem finsteren Blick. Die Kette war lang genug, um ihre Bewegungsfreiheit nicht allzusehr einzuschränken. Sie bildeten eine symbolische Verzierung. Die meisten Frauen aus den Trockenstädten liefen ihr ganzes Leben lang mit Handfesseln herum. Aber selbst nach all den Jahren, die ich in den Trockenstädten verbracht hatte, erzeugte der Anblick in meiner Kehle ein unbehagliches Gefühl. Ich nahm es mit vagem Widerwillen zur Kenntnis.

»Wir hatten deswegen einen schrecklichen Streit«, fuhr Juli fort. »Ich hatte Angst vor dem, was er mit Rindy machte. Ich warf das Ding hinaus, aber dann wurde Rindy wach und fing an zu schreien ...« Juli riß sich zusammen und versuchte ihre schwindende Selbstkontrolle zu bewahren.

»Aber das interessiert euch sicher gar nicht. Schließlich drohte ich ihm an, ihn zu verlassen und Rindy mitzunehmen. Am nächsten Tag...« Die Hysterie, die sie die ganze Zeit über erfolgreich hatte unterdrücken können, brach nun aus ihr hervor. Sie schwankte auf ihrem Stuhl hin und her und zitterte. Sie schüttelte sich unter einem würgenden Schluchzen. »Er hat Rindy mitgenommen! Oh, Race, er ist irre! Irre! Ich glaube, daß er Rindy haßt... Er... er... Race, er hat alle Spielsachen zerschlagen, die das Kind hatte, eins nach dem anderen. Er hat sie in tausend Stücke zerschlagen, alles, was das Kind besaß...«

»Bitte, Juli, bitte«, sagte Magnusson bewegt, »wenn wir es mit einem Irren zu tun haben...«

»Ich wage nicht, daran zu denken, daß er ihr etwas antun könnte! Er hat mich davor gewarnt, euch aufzusuchen – aber ich mußte einfach kommen, selbst wenn es Krieg gegen die Erde bedeutet hätte. Aber bitte, Mack, unternimm nichts gegen ihn, bitte, bitte. Er hat mein Kind, meine kleine Tochter...« Ihre Stimme versagte. Sie verbarg das Gesicht in den Händen.

Mack griff nach dem Bildwürfel, der seinen fünfjährigen Sohn zeigte, drehte ihn zwischen den plumpen Fingern und sagte mit unglücklich klingender Stimme: »Juli, wir werden jede mögliche Vorsichtsmaßnahme treffen. Kannst du nicht einsehen, daß wir ihn dingfest machen müssen? Wenn man von der Möglichkeit ausgeht, daß sich so etwas Ähnliches wie ein Materietransmitter in den Händen der Feinde Terras befindet...«

Auch das sah ich ein, aber das schmerzgequälte Gesicht Julis schob sich zwischen mich und das Abbild des Desasters. Ich umklammerte die Lehnen meines Stuhls und stellte mit Überraschung fest, daß der Kunststoff unter der Härte meines Griffs weder splitterte noch brach. *Wäre es doch nur Rakhals Hals gewesen . . .*

»Mack, laß mich das machen. Juli, soll ich für dich nach Rindy suchen?«

Während ich sie ansah, entstand in ihrem verwüsteten Gesicht eine Hoffnung, die gleich darauf wieder erstarb.

»Race, er wird dich umbringen. Oder dich umbringen lassen.«

»Er wird's zumindest versuchen«, gab ich zu. Sobald Rakhal erfuhr, daß ich die terranische Zone verlassen hatte, würde der Tod neben mir herschreiten. Aber das war auch während meiner Jahre in Shainsa nicht anders gewesen. Aber nun war ich wieder ein Erdenmensch, der sich um dergleichen nicht mehr scherte.

»Verstehst du nicht? Wenn er erst einmal erfährt, daß ich wieder mitspiele, wird ihn sein Selbstverständnis förmlich dazu zwingen, sich auf mich zu stürzen. Und das bedingt, daß er die Intrige, an der er gerade spinnt – oder die Verschwörung; du kannst es nennen, wie du willst –, erst einmal beiseite schiebt. Auf diese Art erreichen wir zweierlei: Er verläßt sein Versteck – und wir entziehen ihn dem Kreis der Verschwörer. Vorausgesetzt natürlich, es gibt sie überhaupt.«

Ich warf einen Blick auf die zitternde Juli, dann rastete etwas in mir ein. Ich beugte mich über sie, zog sie unsanft hoch und umklammerte fest ihre Schultern. »Und ich werde ihn nicht umbringen, hörst du? Wenn ich mit ihm fertig bin, wird er sich vielleicht wünschen, ich hätte ihn getötet, denn ich werde ihm jeden Knochen im Leibe zerbrechen und jeden Zahn einzeln ausschlagen – aber ich habe vor, es mit ihm auszutragen wie ein Erdenmensch. Ich werde ihn nicht umbringen. *Hörst du,* Juli! Ich werde ihm etwas viel Schlimmeres antun: Ich werde ihn mir greifen und ihn dann weiterleben lassen!«

Magnusson näherte sich und löste meinen harten Griff

von Julis Schultern. Juli rieb sich automatisch, ohne einen Gedanken daran zu verschwenden, die schmerzenden Stellen. »Das schaffst du nicht, Cargill«, sagte Mack. »Du würdest nicht mal bis nach Daillon gelangen. Du bist sechs Jahre lang nicht mehr draußen gewesen. Und außerdem ...«

Er sah mich mit einem offenen Blick an. »Ich sage so was nicht gerne, Race, aber verdammt noch mal, Mann, hast du eigentlich schon mal in den Spiegel gesehen? Glaubst du, wir hätten dich völlig ohne Grund aus dem Geheimdienst herausgenommen? Wie, zum Teufel, willst du dich jetzt noch maskieren?«

»In den Trockenstädten gibt es Unmengen von narbigen Männern«, sagte ich. »Rakhal wird sich vielleicht an meine Narben erinnern, aber ich glaube nicht, daß ein anderer mir auch nur einen zweiten Blick schenken würde.«

Magnusson trat ans Fenster. Sein gewaltiger Leib verdeckte das Licht und verdunkelte merklich das Büro. Er sah auf das ferne Panorama und auf die gepflegte, strahlende Handelsstadt hinaus, die sich inmitten der weitgezogenen Wildnis unter uns ausbreitete. Ich konnte die Räder, die sich in seinem Kopf in Bewegung setzten, förmlich hören. Schließlich fuhr er herum.

»Ich habe schon früher von diesen Gerüchten gehört, Race. Aber du bist der einzige Mensch, den ich hätte ausschicken können, um ihren Wahrheitsgehalt zu überprüfen – ich konnte dich doch nicht kaltblütig in den Tod gehen lassen. Ich will es auch jetzt nicht. Soll sich doch die Flotte um ihn kümmern.«

Als ich hörte, wie Juli zischend die Luft einsog, sagte ich: »Verdammt noch mal, nein. Der erste Schritt, den du unternimmst ...« Ich hielt inne. Rindy befand sich in seiner Gewalt, und wenn ich überhaupt etwas von Rakhal wußte, dann dies: Er machte keine leeren Drohungen. Wir wußten alle drei, wessen er fähig war, wenn er den ersten Hinweis bekam, daß sich der lange Arm des terranischen Gesetzes nach ihm ausstreckte.

»Laß um Himmels willen die Raumflotte aus dem Spiel«, sagte ich. »Am besten ist es, wenn es so aussieht, als ginge es hier um eine Privatsache zwischen Rakhal und mir. Der Fall sollte auf dieser Ebene ausgetragen werden, denn wir sollten nicht vergessen, daß er das Kind hat.«

Magnusson stieß einen Seufzer aus. Er griff nach einem anderen Bildwürfel und musterte das transparente Ding. Das Abbild eines neunjährigen Mädchens lächelte ihn unschuldig an. Magnussons Gesicht war nun ebenso durchsichtig wie der Plastikwürfel. Mack mag sich zwar als harter Bursche geben, aber da er selbst fünf Kinder hat, wird er weich wie ein Teller Pudding, wenn Minderjährige im Spiel sind.

»Ich weiß. Ich weiß aber auch noch etwas anderes. Wenn wir die Raumflotte rufen – und nach den Krawallen hätten wir allen Grund dazu ... Wie viele Terraner leben auf diesem Planeten? Ein paar tausend, das ist alles. Welche Chancen hätten wir, wenn die Krawalle sich zu einem handfesten Aufstand entwickelten? Überhaupt keine; es sei denn, wir lassen es auf ein Massaker ankommen. Gewiß, wir haben Bomben, Geschütze und manches andere – aber würden wir es auch wagen, sie einzusetzen? Wir sind hier, um dafür zu sorgen, daß das Faß nicht überläuft. Wir sollen uns aus planetaren Verwicklungen heraushalten – und sie nicht noch fördern, bis sie einen Punkt erreichen, an dem kein Bluff mehr wirkt. Deswegen müssen wir Rakhal dingfest machen – um zu verhindern, daß die Situation jeglicher Kontrolle entgleitet.«

»Gib mir einen Monat«, sagte ich. »Wenn es dann nicht mehr anders geht, wirf dich dazwischen. Rakhal kann in dieser Zeit nicht viel gegen Terra unternehmen. Und vielleicht gelingt es mir sogar, Rindy aus diesen Dingen herauszuhalten.«

Magnusson musterte mich mit einem harten Blick. »Wenn du gegen meinen Rat handelst, werde ich später nicht mehr in der Lage sein, mich dazwischenzuwerfen und dich herauszuhauen. Wenn du die Maschinerie in Gang setzt, ohne daß ich sie stoppen kann, können wir nur noch beten.«

Das war mir klar. Ein Monat war nicht viel. Wolf hatte einen Durchmesser von sechzigtausend Kilometern, und die Hälfte davon war unerforscht. In den Bergen und Wäldern wimmelte es von Nicht- und Halbmenschenstädten, die noch kein Terraner betreten hatte.

Rakhal – oder einen anderen Menschen – aufzustöbern war vergleichbar mit der Suche nach einem bestimmten Stern im Andromedanebel. Aber es war nicht unmöglich. Nicht *völlig* unmöglich.

Erneut richteten sich Macks Augen auf das im Inneren des Bildwürfels erkennbare Kindergesicht. Er drehte ihn in den Händen.

»Okay, Cargill«, sagte er bedächtig, »wenn wir schon alle den Verstand verloren haben, will ich keine Ausnahme sein. Versuch es also auf deine Art.«

4

Bei Sonnenuntergang war ich reisefertig. Da ich schon vor dem Start des Sternenschiffes sämtliche mich betreffenden Angelegenheiten in Ordnung gebracht hatte, gab es nicht mehr viel zu tun. Da der größte Teil meiner Habe zu einem fremden Stern unterwegs war, waren die Umstände, unter denen ich mich in die Fremde aufmachte, denkbar günstig.

Mack hatte mir – immer noch mißbilligend – alle Unterlagen zugänglich gemacht, und so verbrachte ich den größten Teil des Tages in den Hinterzimmern des 38. Stocks, durchforstete die nachrichtendienstlichen Akten, machte mich mit alten Erinnerungen neu vertraut und las meine eigenen alten Berichte, die ich Jahre zuvor aus Shainsa und Daillon geschickt hatte. Mack hatte außerdem einen der für uns arbeitenden Nichtmenschen in die Altstadt geschickt, um mir Trockenstädter Kleidung und ein paar andere Dinge zu kaufen, die ich anziehen und mitnehmen sollte.

Das hätte ich am liebsten selbst getan, denn ich spürte, daß ich etwas Übung brauchte. Erst jetzt wurde mir so recht klar, wieviel ich möglicherweise in den Jahren hinter dem Schreibtisch vergessen haben konnte. Aber man durfte erst dann davon erfahren, daß ich den Planeten nicht mit dem Sternenschiff verlassen hatte, wenn ich auf die Konsequenzen vorbereitet war.

Vor allem durfte ich mich erst dann in der Kharsa sehen lassen, wenn ich die Kleidung eines Trockenstädters trug – die Jahre zuvor zu meiner tiefgründigen zweiten Natur geworden waren und mir beinahe eine zweite Persönlichkeit verschafft hatten.

Gegen Sonnenuntergang wanderte ich durch die sauberen kleinen Straßen der terranischen Handelsstadt und begab mich zum Heim der Magnussons, wo Juli auf mich wartete.

Die meisten Männer, die als Beamte des Imperiums von der Erde oder den erdnahen Planeten, von Proxima oder Alpha Centauri kommen, sind unverheiratet und bleiben es auch, falls sie nicht Frauen jener Welten ehelichen, auf denen sie Dienst tun.

Aber Joanna Magnusson war eine der seltenen Erdfrauen, die zwanzig Jahre zuvor mit ihren Gatten nach Wolf gekommen waren. Es gibt zweierlei Erdfrauen dieser Art: Entweder machen sie aus ihrer Unterkunft ein kleines Paradies oder eine kleine Hölle. Was Joanna anbetraf, so hatte sie aus ihrem Heim ein Fleckchen gemacht, das ebensogut auf der Erde hätte existieren können.

Ich wußte nie ganz genau, wie ich den Haushalt der Magnussons einstufen sollte. Für mich war es beinahe absonderlich, unter einer roten Sonne zu leben und dann – sobald ich einen Raum betrat – von gelbem Licht angestrahlt zu werden. Ebenso unwirklich erschien es mir, auf einer Welt von der wilden Schönheit Wolfs zu sein und mich dann plötzlich in Räumen wiederzufinden, die sich von einem irdischen Heim nicht unterschieden. Ich selbst hatte einen Entwicklungsprozeß durchlaufen, den man verächtlich als »Anpassung« bezeichnete. Wahrscheinlich hatte ich mich wirklich angepaßt. Ich war ganz in der neuen Welt aufgegangen. Und dabei hatte ich die Fähigkeit verloren, die richtige Beziehung zur alten aufrechtzuerhalten.

Joanna, eine rundliche, gemütliche Frau in den Vierzigern, öffnete die Tür und gab mir die Hand. »Komm rein, Race. Juli wartet schon auf dich.«

»Nett, daß du dich um sie kümmerst«, sagte ich. Dann wußte ich nicht mehr weiter, denn ich war unfähig, meine Dankbarkeit auszudrücken. Als Juli und ich von der Erde gekommen waren, war sie noch ein kleines Kind gewesen. Unser Vater hatte als Offizier auf dem alten Sternenschiff *Landfall* gedient. Kurz vor Procyon war er in einem Wrack ums Leben gekommen, und Mack Magnusson hatte mir eine Stelle beim Geheimdienst verschafft, weil ich vier der Sprachen Wolfs verstand und gemeinsam mit Rakhal in der Kharsa alle Schandtaten beging, denen man straflos entkommen konnte.

Und ebenso hatten sie Juli zu sich genommen, wie eine jüngere Schwester. Sie hatten nicht viel gesagt, als es zum Bruch gekommen war – sie hatten Rakhal gemocht –, aber jene schreckliche Nacht, in der Rakhal und ich uns beinahe umgebracht hatten und er mit blutigem Gesicht gekommen war, um Juli abzuholen, hatte sie schwer getroffen. Trotzdem hatte sich ihr freundliches Verhältnis zu mir nur noch vergrößert.

Joanna sagte offen heraus: »Red keinen Unsinn, Race! Was hätten wir sonst tun sollen?« Sie schob mich durch den Korridor. »Ihr könnt hier drinnen miteinander reden.«

Bevor ich den Raum betrat, auf den sie zeigte, zögerte ich einen Moment. »Wie geht es ihr?«

»Besser, glaube ich. Ich habe sie in Metas Zimmer untergebracht, und sie hat den größten Teil des Tages verschlafen. Sie wird in Ordnung sein. Ich lasse dich jetzt allein.« Sie öffnete die Tür und ging fort.

Juli war wach und angezogen. Das schreckliche Entsetzen war teilweise aus ihrem Gesicht verschwunden. Sie war zwar immer noch angespannt und unkonzentriert, aber in keinster Weise mehr hysterisch.

Das Zimmer – es gehörte einem der Kinder – war nicht groß. Selbst die Spitzenleute des Geheimdienstes verdienen nicht allzuviel, auch wenn sie auf den Gehaltslisten des Imperiums stehen. Auch nicht mit fünf Kindern. Das Schlafzimmer wirkte, als hätte jedes einzelne der Kinder es schon einmal auseinandergenommen.

Ich nahm auf einem für mich zu niedrigen Stuhl Platz und sagte: »Juli, wir haben nicht viel Zeit. Wenn es dunkel wird, muß ich die Stadt verlassen haben. Ich möchte etwas über Rakhal erfahren – was er jetzt tut, wie er aussieht. Vergiß nicht, daß ich ihn seit Jahren nicht mehr gesehen habe. Erzähle mir alles, was du weißt – auch über seine Freunde, und wo er sich amüsieren geht.«

»Ich habe immer geglaubt, du würdest ihn besser kennen als ich.« Die unstete Art, in der sie die Glieder der Kettenfessel um ihre Handgelenke rollte, bereitete mir ein nervöses Unbehagen.

»Reine Routine, Juli. Polizeiarbeit. Normalerweise verlasse ich mich ganz auf meine Nase, aber anfangs sollte man möglichst methodisch vorgehen.«

Sie beantwortete jede Frage, die ich ihr stellte, aber zusammengenommen erbrachte das Resultat nicht sehr viel und würde mir kaum von großem Nutzen sein. Wie ich schon sagte: Auf Wolf kann man sich leicht unsichtbar machen. Juli wußte allerdings, daß Rakhal freundschaftliche Beziehungen zum Großen Haus von Shainsa unterhielt – wenngleich ihr die Namen der neuen Machthaber unbekannt waren.

Ich hörte, daß eines der Magnusson-Kinder zur Haustür eilte und dann, laut nach seiner Mutter rufend, zurückkam. Joanna klopfte an die Zimmertür und trat ein.

»Draußen ist ein Chak, der dich sprechen möchte, Race.«

Ich nickte. »Wahrscheinlich bringt er meine Sachen. Kann ich mich im Hinterzimmer umziehen, Joanna? Und kannst du auf meine Kleider achten, bis ich wieder zurück bin?«

Ich ging an die Haustür, unterhielt mich mit dem bepelzten Nichtmenschen im zwitschernden Jargon der Kharsa, und er gab mir etwas, das wie ein Lumpenbündel aussah. Das Bündel fühlte sich teilweise hart an.

Der Chak sagte mit leiser Stimme: »In der Kharsa geht ein Gerücht um, *Raiss*. Vielleicht hilft es Ihnen. Drei Männer aus Shainsa sind in der Stadt. Sie sind hier, um nach einer verschwundenen Frau und einem Spielzeugmacher zu suchen. Gegen Sonnenaufgang kehren sie zurück. Vielleicht haben Sie eine Möglichkeit, sich ihrer Karawane anzuschließen.«

Ich dankte ihm und trug das Bündel hinein. Im leeren Hinterzimmer zog ich mich nackt aus und rollte das Bündel auseinander. Es enthielt ein Paar pludriger, gestreifter Reithosen, einen abgetragenen, schäbigen Hemdkittel mit geräumigen Taschen, einen geflochtenen Gurt, dessen Vergoldung zur Hälfte abgeschabt war und das ursprüngliche Metall durchschimmern ließ, und ein Paar knöchelhoher Stiefel mit Fransenriemen unterschiedlicher Färbung. Dann fand ich noch einen kleinen Stapel von

Amuletten und Verschlüssen. Ich nahm die, die am gewöhnlichsten aussahen, und hängte sie mir um den Hals.

Einer der Klumpen, die das Bündel enthielt, war ein kleiner Krug mit gewöhnlichen Gewürzen, die man auf den Märkten kaufen konnte und die den Durchschnittstrockenstädtern zum Würzen der Nahrung dienten. Ich zerrieb ein wenig von dem Pulver auf meiner Haut, kippte eine Prise in die erstbeste Hemdkitteltasche und kaute ein paar Körner. Dabei rümpfte ich die Nase, denn an die Schärfe war ich schon seit langem nicht mehr gewöhnt.

Der zweite feste Gegenstand, den das Bündel enthielt, war ein Skean. Aber im Gegensatz zu den schäbigen, abgetragenen Kleidern war er nagelneu und glänzend und seine Klinge scharf wie ein Rasiermesser. Ich schob ihn in den Verschluß meines Umhangs. Das Gewicht war beruhigend. Der Skean war die einzige Waffe, mit der ich mich sehen lassen durfte.

Der letzte feste Gegenstand, den ich dem Bündel entnahm, war ein flacher Holzbehälter, der etwa fünfundzwanzig mal fünfundzwanzig Zentimeter maß. Ich öffnete ihn. Er war sorgfältig in Abschnitte unterteilt, die mit schwammähnlichem Material ausgelegt waren. In den einzelnen Fächern lagen winzig kleine Glasscheiben, die auf Wolf so wertvoll wie Edelsteine waren. Es handelte sich um Linsen: Kameralinsen, Mikroskoplinsen – und sogar um Brillengläser. So eng, wie sie gepackt waren, mußten es über hundert sein. Und der Behälter war stoßfest.

Die Linsen lieferten mir das Alibi für meine Reise nach Shainsa. Über den allgemeinen Handel hinaus sind ein paar Artikel terranischer Fertigung auf Wolf im wahrsten Sinne des Wortes ihr Gewicht in Platin wert: Vakuumröhren, Transistoren, Kamera- und Fernrohrlinsen, Spirituosen und Feinmechanikerwerkzeuge.

Selbst in Städten, die die Terraner nie betreten haben, erzielen diese Dinge exorbitante Preise – und der Handel damit ist ein Vorrecht der Trockenstädter. Wie ich von Juli wußte, hatte Rakhal sich als Händler für Mikrodrähte und chirurgische Instrumente betätigt. Wolf ist kein mechanisierter Planet. Er hat nie eine Industrie von Wichtigkeit hervorgebracht. Die Psychologie der Nichtmenschen bringt nur in seltenen Fällen technischen Fortschritt mit sich.

Durch den Korridor kehrte ich wieder in das Zimmer zurück, in dem Juli auf mich wartete. Als ich einen kurzen Blick in einen zwei Meter hohen Spiegel warf, war ich überrascht. Nichts deutete mehr darauf hin, daß ich noch vor kurzem ein terranischer Beamter gewesen war, der sich in seinem schlechtsitzenden Aufzug völlig fehl am Platze vorkam. Es war ein Trockstädter, der mich ansah, eine hagere und narbenbedeckte Gestalt – und sein Gesicht zeigte sicher nicht weniger Erstaunen als das meine.

Als ich das Zimmer betrat, wirbelte Joanna herum. Sie erblaßte sichtlich, doch dann fand sie ihre Selbstkontrolle wieder und stieß ein nervöses und abgehacktes Lachen aus.

»Herrje, Race, fast hätte ich dich nicht wiedererkannt!«

»Ja«, sagte Juli leise, »so . . . so erinnere ich mich besser an dich. Du siehst . . . Du siehst fast aus wie . . .«

Die Tür flog auf, und Mickey Magnusson stampfte herein, ein wohlgenährter kleiner Junge mit höhensonnengebräunter Haut und vor Gesundheit strotzend. Er hatte irgendeinen Gegenstand in der Hand, der kleine bunte Blitze versprühte.

Ich grinste den Jungen an. Erst dann fiel mir ein, daß ich nicht nur maskiert war, sondern auch sonst einen schrecklichen Anblick bieten mußte. Der Kleine zuckte zurück, aber Joanna legte ihm eine gewichtige Hand auf die Schulter und murmelte ihm etwas Beruhigendes zu.

Mickey tappste auf Juli zu und hielt dabei das glänzende Ding in der Hand, als wolle er ihr etwas zeigen, was ihm äußerst wertvoll und wichtig erschien. Juli beugte sich zu ihm hinunter und breitete die Arme aus. Dann zuckte es in ihrem Gesicht, und sie streckte blitzschnell die Hand nach dem Spielzeug aus.

»Mickey, was ist das?«

Der Junge verbarg das Ding schützend hinter seinem Rücken. »Meins.«

»Mickey, sei nicht ungezogen«, sagte Joanna.

»Bitte, laß es mich sehen«, schmeichelte Juli. Obwohl der Junge immer noch mißtrauisch war, gab er zögernd nach. Es handelte sich um ein gewinkeltes, sternförmiges Prisma aus Kristall, das in einem Rahmen steckte und sich wie ein Solidobild um sich selbst drehen konnte. Aber jedesmal, wenn man es in Bewegung setzte, zeigte es ein anderes, komisch wirkendes Gesicht.

Mickey drehte es wieder und wieder; offenbar genoß er es, im Zentrum der Aufmerksamkeit zu stehen. Dutzende von Gesichtern wechselten sich mit jeder Drehung des Prismas ab. Sie waren menschlich und nichtmenschlich und ausnahmslos matt und leicht verzerrt. Auf der Kristalloberfläche erschien nicht nur mein Gesicht, sondern auch das von Juli und Joanna. Aber es waren keine Spiegelbilder, sondern Karikaturen.

Ein erstickter Laut Julis ließ mich verschreckt herumfahren. Sie hatte sich zu Boden fallen lassen, saß weiß wie der Tod da und stützte sich mit beiden Händen ab.

»Race! Du mußt herausbekommen, wo er dieses *Ding* her hat!«

Ich beugte mich über sie und ergriff ihre Schultern.

»Was ist los mit dir?« fragte ich. Sie war wieder in den halb beduselten, schlafwandlerischen Zustand zurückgefallen, in dem ich sie an diesem Morgen angetroffen hatte.

»Das ist kein Spielzeug«, flüsterte sie leise. »Rindy hat auch so ein Ding gehabt. Joanna, *wo hat er es her*?« Sie zeigte mit einem solch entsetzten Ausdruck auf das glänzende Ding, daß er lächerlich gewirkt hätte – wäre er weniger real und schreckerfüllt gewesen.

Joanna legte den Kopf zur Seite und runzelte nachdenklich die Stirn. »Wenn ich es mir recht überlege ... Ich weiß es auch nicht. Ich bin davon ausgegangen, daß er es von einem Chaks geschenkt bekommen hat. Vielleicht hat er es sich auch im Basar gekauft. Er ist ganz vernarrt in das Ding. Jetzt steh aber bitte vom Boden auf, Juli!«

Juli kam taumelnd wieder auf die Beine. »Rindy hatte auch so ein Ding«, sagte sie. »Es ... es hat mir angst gemacht. Sie konnte stundenlang dasitzen und es sich ansehen und ... Ich habe dir davon erzählt, Race. Und als ich es dann hinauswarf, wurde sie wach und schrie. Sie hat stundenlang geschrien, und dann lief sie im Dunkeln hinaus und scharrte es wieder aus dem Abfallhaufen, unter dem ich es begraben hatte. Sie lief im Dunkeln hinaus und brach sich alle Fingernägel ab, aber sie hat es wieder ausgegraben.« Juli verharrte und sah Joanna mit weitaufgerissenen Augen flehend an.

»Aber deswegen«, sagte Joanna mit milder, leicht tadelnder Freundlichkeit, »brauchst du dich doch nicht so aufzuregen. Ich glaube nicht, daß Mickey so sehr daran hängt, und außerdem habe ich nicht vor, es wegzuwerfen.« Sie klopfte Juli beruhigend auf die Schulter, schob Mickey sanft zur Tür und drehte sich um, um ihm zu folgen. »Ihr wollt sicher noch unter vier Augen miteinander reden, bevor Race geht. Viel Glück bei deinem Unternehmen, Race.« Sie schüttelte mir die Hand. »Und mach dir keine Sorgen um Juli«, fügte sie etwas leiser hinzu. »Wir werden uns schon um sie kümmern.«

Als ich mich zu Juli umwandte, stand sie am Fenster und schaute durch die seltsam gefilterte Scheibe, die aus der roten eine orangefarbene Sonne machte.

»Joanna hält mich für verrückt, Race.«

»Sie hält dich für etwas aufgedreht.«

»Rindy ist ein eigenartiges Kind. Sie ist eine echte Trokkenstädterin. Aber es liegt nicht an meiner Phantasie, Race, ganz und gar nicht. Da ist etwas, das ...« Plötzlich fing sie wieder laut zu schluchzen an.

»Heimweh, Juli?«

»In den ersten Jahren hatte ich es – ein bißchen. Aber ich war glücklich, glaub mir.« Sie wandte mir das Gesicht zu. Es war feucht vor Tränen. »Du mußt mir glauben, daß ich nie auch nur eine Minute bedauert habe.«

»Das freut mich«, sagte ich dumpf. *Das paßte ja wunderbar.*

»Nur dieses Spielzeug ...«

»Wer weiß? Vielleicht kann es uns irgendeinen Hinweis liefern.« Auch mich hatte das Spielzeug an etwas erinnert, und ich versuchte mir darüber klarzuwerden, an was. Ich hatte in der Kharsa schon nichtmenschliches Spielzeug gesehen, einiges davon sogar für Macks Kinder gekauft. Wenn ein alleinstehender Mann regelmäßig zu Leuten eingeladen wird, die fünf Kinder haben, besteht die einzige Möglichkeit, ihre Gastfreundschaft zu vergelten, darin, daß man den Kindern irgendwelche Kleinigkeiten mitbringt. Aber ein Spielzeug wie dieses hatte ich bis gestern nie gesehen. Der Spielzeughändler, den man aus der Kharsa vertrieben hatte, der in Nebrans Schrein geflohen und dann verschwunden war ... Er hatte ein halbes Dutzend dieser funkensprühenden Sternenprismen bei sich gehabt.

Ich versuchte mir das Bild des kleinen Spielzeugverkäufers in Erinnerung zurückzurufen. Mein Versuch brachte nicht viel Erfolg. Ich hatte ihn nur kurz gesehen, und dann hatte er auch noch eine Kapuze getragen.

»Juli, kennst du einen kleinen Mann, der wie ein Chak aussieht? Er ist nur kleiner, geht gebückt und hat einen Buckel. Er verkauft Spielzeug ...«

Sie sah bestürzt auf. »Ich glaube nicht, aber in den Polarstädten gibt es solche kleine Chaks. Aber ich bin mir sicher, daß ich noch nie einen gesehen habe.«

»Es war nur eine Idee.« Aber eine Idee, die das Nachdenken lohnte. Ein Spielzeughändler war verschwunden. Bevor Rakhal untergetaucht war, hatte er Rindys gesamtes Spielzeug zerschlagen. Und der Anblick eines kristallenen, geschnitzten Glitzerdings hatte Juli einen hysterischen Anfall beschert.

»Ich gehe besser, bevor es zu dunkel wird«, sagte ich, schloß den letzten Verschluß meines Hemdkittels, steckte den Skean ein und zählte das Geld, das Mack mir vorgeschossen hatte. »Ich werde in die Kharsa gehen und nach der Karawane suchen, die nach Shainsa geht.«

»Dort willst du zuerst hin?«

»Wohin sonst?«

Juli drehte sich um und stützte sich mit einer Hand an der Wand ab. Sie sah krank und zerbrechlich aus – und Jahre älter, als sie wirklich war. Plötzlich umschlang sie mich mit ihren dünnen Armen. Eines der Kettenglieder streifte mich und tat mir weh. Sie weinte laut und rief: »Race, Race! Er wird dich umbringen! Wie soll ich weiterleben, wenn ich auch das noch auf dem Gewissen habe?«

»Man kann eine ganze Menge auf dem Gewissen haben und trotzdem weiterleben.« Entschlossen löste ich mich aus ihrem Griff. Ein Kettenglied verfing sich in der Spange meines Umhangs, und wieder rastete in mir etwas ein. Ich packte die Kette mit beiden Händen, stützte mich mit dem Fuß an der Wand ab und zog. Die Glieder bogen sich auseinander. Als die Kette riß, traf eines ihrer Enden Juli unterhalb des Auges. Ich zerrte an den Verschlüssen ihrer juwelenbesetzten Handschellen, riß sie ihr von den Gelenken und warf das ganze Zeug in eine Ecke, wo es mit einem Rasseln zu Boden fiel.

»Verdammt noch mal«, brüllte ich, »damit ist es aus! Du wirst diese Dinger *nie wieder* tragen!« Nach sechs Jahren in den Trockenstädten konnte sie jetzt vielleicht verstehen, was sechs Jahre Schreibtischarbeit aus mir gemacht hatten.

»Juli, ich werde Rindy finden! Und ich werde auch Rakhal mitbringen – und zwar lebend. Aber verlange nicht mehr von mir. Er wird noch am Leben sein. Aber frag nicht, in welchem Zustand.«

Wenn ich mit ihm fertig war, würde er noch lebendig sein. Sicher würde er noch lebendig sein. Noch.

5

Als ich – schäbig und unverdächtig gekleidet – durch das Seitentor schlüpfte und mich dem Raumhafenplatz näherte, fing es an, dunkel zu werden. Jenseits der gelben Lampen, das wußte ich, begann sich mit dem Einbruch der Nacht die Altstadt mit Leben zu füllen. Männer und Frauen, Menschen und Nichtmenschen verließen dann die eng beieinanderstehenden Kieselhäuser und gingen auf die mondhellen Straßen hinaus.

Wenn mich überhaupt jemand beim Überqueren des Platzes bemerkte, dann mußte er mich für irgendeinen Vagabunden aus den Trockenstädten halten, der neugierig auf die Stadt der Fremden war, die von den Sternen kamen, und der, nachdem er seine Neugier befriedigt hatte, dorthin zurückkehrte, woher er gekommen war. Ich bog in eine der finsteren Gassen ein, die vom Hauptplatz wegführten, und wanderte bald darauf durch die Dunkelheit.

Als Terraner war mir die Kharsa nicht unbekannt, aber während der letzten sechs Jahre hatte ich sie nur bei Tage gesehen. Ich zweifelte daran, daß sich in dieser Nacht auch nur ein Dutzend Erdenmänner in der Altstadt aufhielten. Einen sah ich im Basar, aber er war schmutzig und stockbetrunken, einer jener heimatlosen Abtrünnigen, die zwischen den Welten stehen und doch keiner angehören. Aus mir wäre beinahe dasselbe geworden.

Mit den ansteigenden Straßen ging ich weiter den Hügel hinauf. Einmal blickte ich mich um und sah unter mir den hellerleuchteten Raumhafen und den schwarzen, mit zahllosen Fenstern ausgestatteten Wolkenkratzer, der wie ein fremdartiger Schatten im rotvioletten Mondlicht stand. Ich wandte beidem den Rücken zu und ging weiter.

Am Rande des Diebesmarktes legte ich vor einer Weinstube, in der Trockenstädter willkommen waren, eine Pause ein. Ein goldfarbenes, nichtmenschliches Kind murmelte etwas, als es neben mir über die Straße tapste, und ich hielt an und hatte plötzlich ein Gefühl des Lampenfiebers. Beherrschte ich den Dialekt der Shainsa überhaupt noch? Mit Spitzeln wurde auf Wolf meist nicht zimperlich verfahren – und obwohl ich kaum zwei Kilometer vom Raumhafen entfernt war, war ich hier ebenso ungeschützt wie auf einem der planetaren Monde. Diesmal standen keine Wachtposten mit Schockern hinter mir. Und vielleicht erinnerte sich sogar jemand an die Geschichte des Erdenmenschen mit dem Narbengesicht, der verkleidet in die Shainsa eingedrungen war ...

Ich zog mir den Umhang um die Schultern, öffnete die Tür und trat ein. Mir war wieder eingefallen, daß Rakhal auf mich wartete – zwar nicht hinter dieser Tür, aber am Ende meiner Reise. Hinter einer anderen Tür. Irgendwo. Und es gibt ein Sprichwort in der Shainsa: *Eine Reise ohne Anfang hat kein Ende.*

An dieser Stelle hörte ich auf, mir Gedanken über Juli, Rindy und das Terranische Imperium zu machen – oder das, was Rakhal, der zu viele terranische Geheimnisse kannte, unternehmen würde, wenn er sich auf die andere Seite geschlagen hatte. Meine Finger fuhren hoch und glitten unbewußt über die zackige Narbe, die meinen Mund verunstaltete. In diesem Augenblick dachte ich nur noch an Rakhal, an unsere noch nicht beendete Fehde und meine Rache.

Im Inneren der Weinstube brannten rote Lampen. Männer lagen ausgestreckt auf abgewetzten Sofas. Ich stolperte über jemanden, suchte mir einen freien Platz, ließ mich darauf niedersinken und ahmte automatisch das lässige Gebaren eines Trockenstädters nach, der unter seinesgleichen ist. In der Öffentlichkeit verhielten sie sich steif und förmlich, selbst beim Essen und Trinken, aber wenn sie unter sich waren, bedeutete alles, was einer gelassenen Körperhaltung widersprach, Wachsamkeit. Und das war beleidigend. Denn nur wer Angst davor hatte, heimtückisch ermordet zu werden, blieb stets auf der Hut.

Ein Mädchen mit einem verfilzten Zopf, der ihr bis auf den Rücken reichte, kam auf mich zu. Ihre Hände waren ungefesselt, was bedeutete, daß sie eine Frau aus der niedrigsten Klasse war und nicht bewacht zu werden brauchte. Ihr Fellkittel war abgetragen und verschmutzt. Ich bestellte Wein. Als er kam, war er überraschend gut; ein süßer und hinterlistiger Tropfen aus Adcarran. Ich sah mich um. Hin und wieder nahm ich einen kleinen Schluck.

Wenn die Karawane nach Shainsa morgen aufbrechen wollte, mußte man hier etwas davon wissen. Ich hätte nur ein Wort fallenzulassen brauchen – wenn man erfuhr, daß ich mich auf der Rückreise befand, erforderte es die eiserne Sitte, daß man mich einlud, in Gesellschaft zu reisen.

Nachdem ich das Mädchen zum zweitenmal nach Wein geschickt hatte, stand jemand von einer nahe stehenden Couch auf und kam auf mich zu.

Der Mann war sogar für einen Trockenstädter ziemlich groß, und irgendwie kam er mir sogar schwach bekannt vor. Zu den üblichen Halsabschneidern der Kharsa gehörte er jedoch nicht, denn sein Gewand war mit silbernen Fäden durchwirkt und aus kostbarer bestickter Seide. Der Handgriff seines Skeans war aus einem grünen Edelstein geschnitzt. Bevor er mich ansprach, blieb er eine Weile vor mir stehen und musterte mich eingehend.

»Ich vergesse niemals eine Stimme, aber ich kann mich einfach nicht an Ihr Gesicht erinnern. Bin ich Ihnen irgendwie verpflichtet?«

Obwohl ich mich mit dem Mädchen in einem Jargon verständigt hatte, sprach er mich in dem musikalischen Singsang an, dessen man sich in Shainsa bedient. Statt einer Antwort bedeutete ich ihm, Platz zu nehmen. Es ist Sitte auf Wolf, Freundlichkeit dadurch zu erkennen zu geben, daß man sich unverbindlich gibt. Direkte Fragen grenzen an Grobheit, und wer eine direkte Antwort gibt, wird sofort als Simpel eingestuft.

»Etwas Trinkbares?«

»Ich habe mich ungebeten zu Ihnen gesetzt«, erwiderte der Fremde und gab dem bezopften Mädchen einen Wink. »Bring uns besseren Wein als dieses Spülwasser!«

An seinen Worten und Bewegungen erkannte ich ihn, und meine Zähne schlugen hart aufeinander. Mein Gast war niemand anders als das Großmaul, das im Raumhafencafé mit mir hatte kämpfen wollen – und dann beim Anblick des dunkelhaarigen Mädchens mit dem Zeichen Nebrans auf der Brust davongelaufen war.

Aber im Schein des armseligen Lichts hatte er mich nicht wiedererkannt. Ich schob mich absichtlich in das satte, rote Glühen. Wenn er in mir nicht den Terraner erkannte, mit dem er sich letzte Nacht angelegt hatte, war es ziemlich unwahrscheinlich, daß mir ein anderer auf die Schliche kam. Er musterte mich ein paar Minuten lang, aber schließlich zuckte er die Achseln und genoß den bestellten Wein.

Drei Gläser später wußte ich, daß er Kyral hieß, mit Drähten und Feinmechanikerwerkzeugen handelte und die Orte der Nichtmenschen abklapperte. Ich sagte ihm, daß ich Rascar hieße.

»Haben Sie vor, nach Shainsa zurückzukehren?« fragte er mich.

Da ich nicht in eine Falle laufen wollte, zögerte ich zunächst. Aber da mir die Frage dann doch harmlos erschien, konterte ich mit einer Gegenfrage: »Sind Sie lange in der Kharsa gewesen?«

»Mehrere Wochen.«

»Geschäfte gemacht?«

»Nein.« Er beschäftigte sich wieder mit seinem Wein. »Ich habe ein Mitglied meiner Familie gesucht.«

»Haben Sie ihn gefunden?«

»Sie«, sagte Kyral und spuckte zeremoniell aus. »Nein, ich habe sie nicht gefunden. Welche Geschäfte betreiben Sie in Shainsa?«

Ich lachte kurz. »Offengestanden – ich suche *auch* nach einem Mitglied meiner Familie.«

Kyrals Augen wurden zu kleinen Schlitzen. Vermutlich dachte er, ich wolle ihn verspotten. Da aber die Privatsphäre in den Trockenstädten den allerstrengsten Regeln unterlag und Spott dieser Art bedeutete, daß man nicht gewillt war, weitere Informationen abzugeben, stellte er keine weiteren Fragen.

»Ich könnte noch jemanden brauchen, der sich um die Fracht kümmert. Können Sie mit Packtieren umgehen? Wenn ja, würde ich Sie unter dem Schutz meiner Karawane willkommen heißen.«

Ich willigte ein. Und dann, als ich darüber nachdachte, daß Juli und Rakhal in Shainsa ziemlich bekannt sein mußten, fragte ich: »Kennen Sie einen Händler, der sich Sensar nennt?«

Kyral zeigte eine unmerkliche Regung. Ich sah, wie der

Blick seiner Augen über meine Narben wanderte. Dann wurde er merklich reservierter. Ein Vorhang schien sich vor sein Gesicht zu senken. Dahinter gewahrte ich ein kaum merkliches zufriedenes Aufleuchten. »Nein«, log er und stand auf.

»Sobald es Tag wird, brechen wir auf. Sehen Sie zu, daß Sie dann alles beieinander haben.« Er warf mir etwas zu, das ich in der Luft auffing. Es war ein Stein, der in der shainsaischen Krakelschrift Kyrals Namen trug. »Wenn Sie wollen, können Sie bei der Karawane schlafen. Geben Sie Cuinn dieses Kennzeichen.«

Kyrals Karawane hatte ihr Lager auf einem öden Feld jenseits der fernsten Tore der Kharsa aufgeschlagen. Etwa ein Dutzend Männer war damit beschäftigt, die Packtiere zu beladen. Es waren Pferde, die hauptsächlich von Darkover stammten. Den ersten Mann, den ich traf, fragte ich nach Cuinn. Er deutete auf einen kräftigen Burschen mit leuchtendrotem Umhang. Er las gerade einem jungen Mann die Leviten, der sein Packtier falsch beladen hatte.

Shainsaisch ist eine Sprache, die sich besonders gut zum Fluchen eignet, und was Cuinn anging, so war er darin besonders talentiert. Während ich darauf wartete, daß ich ihm Kyrals Kennzeichen überreichen konnte, hörte ich ihm bewundernd und etwas fassungslos zu.

Im Schein des Feuers sah ich, was ich zur Hälfte schon erwartet hatte: Auch er gehörte zu den Trockenstädtern, die versucht hatten, mich im Raumhafencafé auseinanderzunehmen. Cuinn schenkte dem bearbeiteten Stein kaum einen Blick. Er warf ihn mir zurück und deutete auf eines der Packtiere. »Packen Sie die Sachen, die Ihnen gehören, auf das da. Und dann bringen Sie diesem hohlköpfigen Sandalenträger bei, wie man einen Gepäckgurt festmacht.« Das Wort Sandalenträger galt in Shainsa als besonders böse Beleidigung.

Cuinn holte tief Luft und fing dann erneut an, auf den glücklosen jungen Burschen einzuschimpfen. Ich entspannte mich. Auch er hatte mich allem Anschein nach nicht erkannt. Ich nahm den Gurt in die Hand und zog ihn durch die Sattelschlaufe. »Siehst du, es geht so«, erklärte ich dem Jungen. Cuinn unterbrach seine Schimpfkanonade gerade lange genug, um mir anerkennend zuzunikken. Dann zeigte er auf einen ineinander verschachtelten Kistenstapel.

»Helfen Sie ihm beim Aufladen. Bei Tagesanbruch wollen wir aus der Stadt sein«, ordnete er an. Dann ging er und stürzte sich mit Gefluche auf den nächsten Mann.

Kyral kam gegen Morgengrauen. Ein paar Minuten später waren von unserem Lager nur noch ein paar verstreut herumliegende Abfallhaufen übriggeblieben.

Trotz der ewigen Herumflucherei Cuinns hielt die Karawane ausgezeichnet Disziplin und wurde von sachverständiger Hand geleitet. Die Männer waren Trockenstädter, insgesamt elf. Sie waren schweigsam, geschickt und größtenteils noch ziemlich jung. Wenn wir während der Tagesstunden unterwegs waren, gaben sie sich ausgelassen und behandelten die Packtiere mit kompetenter Hand. Den größten Teil der Abendstunden verbrachten sie rings um das Feuer, wo sie ruhig mit den geschnitzten Kristallprismen spielten, die sie anstelle von Würfeln benutzten.

Drei Tage nachdem wir die Kharsa hinter uns gelassen hatten, fing ich an, mir wegen Cuinn Sorgen zu machen. Es war natürlich eine besondere Art von Pech, in Kyrals Karawane auf die drei Männer aus dem Raumhafencafé zu stoßen. Kyral hatte mich ganz offensichtlich nicht erkannt, und er schenkte mir nicht einmal tagsüber mehr Aufmerksamkeit, als zum Erteilen irgendeines Befehls nötig war. Der zweite von den dreien war ein unscheinbarer Junge, der mir nie wieder groß in die Quere gekommen war – aber Cuinn war ein spezieller Fall.

Er war in meinem Alter, und der Blick seiner wilden Augen hatte etwas Verschlagenes an sich, dem ich nicht trauen konnte. Mehr als einmal fiel mir auf, daß er mich beobachtete, und bei zwei oder drei Gelegenheiten, als er mir ein Gespräch aufzwang, fand ich seine Fragen direkter, als es das gute Benehmen der Trockenstädter erlaubte. Nach und nach machte ich mich mit dem Gedanken vertraut, daß ich ihn vielleicht töten mußte, bevor wir Shainsa erreichten.

Wir überquerten das Vorgebirge und fingen an, uns in die Berge hinaufzuarbeiten. Während der ersten Tage stellte ich fest, daß ich, je höher wir kamen, zunehmend kurzatmiger wurde, aber dann gewöhnte ich mich daran und paßte mich an die Tage und Nächte der Reise an. Die Handelsstadt war noch immer ein Funkfeuer in der Nacht, aber mit jedem weiteren Tag nahm ihr Leuchten am Horizont ab und wurde matter.

Wir stiegen höher und bewegten uns über dermaßen gefährliche Pfade dahin, daß wir absteigen und die Packtiere sich schrittweise selbst den Weg suchen mußten. In diesen Höhen flammte die Sonne in den Mittagsstunden heller und roter, und die Trockenstädter, die aus einer Gegend stammen, die einst Meerboden war, litten bald an Sonnenbrand und Hautbläschen. Da ich unter der flammenden Sonne Terras aufgewachsen war und ein roter Stern mir nicht einmal zur heißesten Stunde etwas anhaben kann, ging es mir ganz gut. Schon das hätte mich verdächtig machen müssen. Und wieder stellte ich fest, daß Cuinn mich mit einem wilden Blick musterte.

Als wir über die Pässe kamen und den langen Abstieg begannen, der durch die dichten Wälder führte, gelangten wir ins Land der Nichtmenschen. Um dem Geisterwind aus dem Weg zu gehen, mieden wir das Gebiet von Charin und die Wälder der Ya-Männer, die sich während dieser Zeit kannibalistisch betätigen.

Später führte uns der Weg durch noch dichtere Wälder aus Indigobäumen und gräulich-purpurnen Farnkräutern. In den Nächten vernahmen wir das Geheul der Katzenmenschen, die in diesen Breitengraden heimisch sind. Nachts stellten wir Wachtposten auf, denn die Dunkelheit war erfüllt von finsteren Schatten, geheimnisvollen Geräuschen, seltsamen Gerüchen und rätselhaftem Geraschel.

Dennoch – unsere Tagesmärsche und Nachtwachen verliefen ereignislos, bis jene Nacht kam, in der ich mit Cuinn zusammen Wache schob. Ich hatte meinen Posten am Lagerrand bezogen, das Feuer im Rücken. Die Männer schliefen schnarchend und hatten sich um die Feuerstelle gelegt. Die Tiere, die doppelt angebunden waren, bewegten sich unruhig und schnaubend.

Ich hörte Cuinns Schritte hinter mir. Dann hörte ich am Waldrand ein Rascheln. Ich sah eine Bewegung und glaubte hinter den Bäumen jemanden flüstern zu hören, deswegen drehte ich mich um, um ihn darauf aufmerksam zu machen. Und dann sah ich, wie er auf den Lichtungsrand zuglitt.

Im ersten Augenblick dachte ich mir nichts dabei, sondern nahm an, er wolle lediglich etwas näher an die Lücke zwischen den Bäumen herangehen, zwischen denen er verschwand. Ich nehme an, daß ich dachte, er wolle lediglich die Ursache irgendeines Geräusches erkunden, das er gehört hatte. Vielleicht hatte er auch einen Schatten gesehen und rechnete damit, daß ich mich bereit hielt.

Dann sah ich hinter den Bäumen Lichtgeflacker. Das Licht der Laterne, die Cuinn in der Hand hielt! Er gab jemandem ein Zeichen!

Ich öffnete die Sicherung der Spange, in der mein Skean steckte, und eilte hinter ihm her. In der matter werdenden Feuerglut glaubte ich mehrere glitzernde Augen zu erkennen, die mich beobachteten. Ich duckte mich und sprang. In einem Gewirr von wirbelnden Armen und Beinen stürzten wir beide zu Boden. In weniger als einer Sekunde hatte er seinen Skean in der Hand. Ich packte sein Gelenk und versuchte verzweifelt, die Klinge von meiner Kehle wegzudrücken.

»Sei kein Narr!« keuchte ich. »Ein Schrei – dann ist das ganze Lager auf den Beinen! Wem hast du ein Zeichen gegeben?«

Im Lichtschein der heruntergefallenen Laterne sah er mit seinen höhnisch gefletschten Zähnen beinahe wie ein Nichtmensch aus. Einen Augenblick lang packte er die Klinge fester, dann ließ er sie sinken. »Laß mich aufstehen«, sagte er.

Ich ließ ihn los und stieß den heruntergefallenen Skean mit dem Fuß auf ihn zu. »Steck das weg. Was, zum Teufel, hattest du vor? Wolltest du uns die Katzenmenschen auf den Hals hetzen?«

Einen Moment lang machte er einen verwunderten Eindruck, dann setzte er wieder seine altbekannte Miene auf und sagte mit zornerfüllter Stimme: »Kann man sich nicht einmal ein Stück vom Lager entfernen, ohne dabei halb erwürgt zu werden?«

Ich musterte ihn mit einem finsteren Blick. Schließlich wurde mir klar, daß ich im Grunde überhaupt nichts gegen ihn in der Hand hatte. Er konnte einem menschlichen Bedürfnis gefolgt sein und die Laterne nur versehentlich mitgenommen haben. Und wenn mich jemand von hinten angefallen hätte, hätte ich möglicherweise ebenso das Messer gezogen. Deswegen sagte ich nur: »Mach das nicht noch mal. Wir sind alle übernervös.«

In dieser Nacht gab es keine weiteren Zwischenfälle. Auch in der nächsten nicht. In der übernächsten sah ich, als ich eingehüllt in meinen Umhang am Feuer auf einer Decke lag, wie Cuinn aus seinem Schlafsack glitt und sich erneut davonstahl. Kurz darauf leuchtete es in der Dunkelheit auf, aber bevor ich mich zum Aufstehen entschließen konnte, um ihm gegenüberzutreten, kam er zurück, warf den schnarchenden Männern einen sorgfältigen Blick zu und nahm seinen Schlafplatz wieder ein.

Als wir das nächste Lager aufbauten, hielt Kyral neben mir an und fragte: »Ist Ihnen während der letzten Tage etwas Ungewöhnliches aufgefallen? Ich werde den Verdacht nicht los, daß wir verfolgt werden. Morgen werden wir aus diesem Waldgebiet heraus sein, und danach geht die Straße nach Shainsa nur noch durch offenes Gelände. Wenn irgend etwas passieren sollte, dann müßte es heute nacht sein.«

Ich fragte mich, ob ich ihm von Cuinns Signalen erzählen sollte. Nein, ich war aus privaten Gründen nach Shainsa unterwegs. Warum sollte ich mich in irgendeine Intrige einmischen, die mich nichts anging?

»Sie und Cuinn werden wieder die Wache übernehmen«, sagte Kyral. »Die älteren Männer dösen mir zu oft ein, und was die jungen angeht, so haben die entweder nur Dummheiten im Kopf oder geben sich Tagträumereien hin. Meist ist das ja nicht weiter schlimm, aber heute nacht hätte ich gerne jemanden, der die Augen offenhält. Kannten Sie Cuinn eigentlich schon, bevor Sie zu uns stießen?«

»Hab ihn noch nie gesehen.«

»Komisch, ich hatte den Eindruck ...« Er zuckte die Achseln und drehte sich um. Dann hielt er in der Bewegung inne.

»Wenn irgend etwas nicht in Ordnung sein sollte ... zögert nicht, das Lager aufzuwecken. Besser ein falscher Alarm, als von einem Angriff aus dem Hinterhalt aufgeweckt zu werden. Wenn es zu einem Kampf käme, würde es nicht gut für uns aussehen. Wir haben zwar alle einen Skean, aber ich glaube nicht, daß jemand einen Schocker bei sich hat – von einem Schießeisen ganz zu schweigen. Sie haben nicht zufällig eins bei sich?«

Nachdem die Männer sich zusammengerollt hatten, hielt

Cuinn, der das Lager umschritt, einen Augenblick bei mir an und deutete mit dem Kopf auf das raschelnde Walddikkicht.

»Was ist denn da los?«

»Wer weiß? Vielleicht schleichen die Katzenmenschen da herum und stellen sich vor, welch gute Mahlzeit die Pferde abgeben würden. Oder vielleicht auch wir?«

»Meinst du, es kommt zu einem Kampf?«

»Keine Ahnung.«

Eine Weile lang studierte er mich wortlos. »Und wenn es dazu käme?«

»Dann würden wir kämpfen.« Und dann schnappte ich nach Luft, denn Cuinn hatte Terra-Standard gesprochen, und ich hatte ihm gedankenlos in der gleichen Sprache geantwortet. Er grinste und zeigte mir seine weißen, spitzgefeilten Zähne.

»Dachte ich mir's doch!«

Ich packte seine Schulter und sagte mit harter Stimme: »Und was willst du jetzt tun?«

»Das kommt ganz auf dich an«, antwortete er, »und auf das, was du in Shainsa willst. Ich will die Wahrheit wissen. Was hast du in der terranischen Enklave gemacht?« Er gab mir keine Möglichkeit zu einer Antwort. »Du weißt, wer Kyral ist, nicht wahr?«

»Ein Händler«, sagte ich, »der mir einen Lohn zahlt und sich ansonsten um seine eigenen Dinge kümmert.« Ich ging etwas zurück, legte die Hand auf meinen Skean und bereitete mich auf einen plötzlichen Angriff vor. Cuinn machte jedoch keinerlei aggressive Bewegungen.

»Kyral sagte, du hättest nach Rakhal Sensar gefragt«, sagte er. »Raffiniert. Ich allerdings hätte dir sagen können, daß er Rakhal niemals zu Gesicht bekommen hat. Ich ...«

Er hielt inne. Der Wald gab ein Geräusch von sich – ein unheimliches Heulen. »Wenn du sie uns auf den Hals gehetzt hast ...«, sagte ich.

Cuinn schüttelte hastig den Kopf. »Ich mußte die Möglichkeit nutzen, um den anderen Bescheid zu geben. Es wird nicht funktionieren. Wo ist das Mädchen?«

Ich hörte kaum, was er sagte. Statt dessen hörte ich das Schnappen von Zweigen und leise dahinschleichende Füße. Ich wollte mich gerade umdrehen, um das Lager mit einem Schrei zu warnen, als Cuinn mich fest packte und drängend sagte: »Schnell! Wo ist das Mädchen? Kehr um und sage ihr, daß es nicht gelingen wird. Wenn Kyral geahnt hätte ...«

Er beendete diesen Satz niemals. Direkt hinter uns ertönte das nächste unheimliche Heulen. Ich schubste Cuinn beiseite, und plötzlich war die Nacht von geduckten Gestalten erfüllt, die wie ein Wirbelwind über uns herfielen.

Ich brüllte wie ein Wahnsinniger, um das Lager aufzuwecken. Die Männer sprangen auf, rollten sich aus ihren Decken und kämpften um ihr Leben. Immer noch laute Schreie ausstoßend, rannte ich mit aller Kraft auf das Gehege zu, in dem wir die Pferde angebunden hatten. Ein schlanker, schwarzbehaarter Katzenmensch hockte auf dem Boden und zerschnitt gerade die Fußfesseln des ihm am nächsten stehenden Tieres. Ich warf mich auf ihn. Er fuhr herum, ließ seine Klauen durch die Luft wirbeln und zerkratzte mir die Schulter mit Nägeln, die mein Hemd wie Papier zerrissen. Ich riß den Skean hoch und stieß zu. Seine Krallen verkrampften sich in meiner Schulter. Ich stöhnte vor Schmerz. Dann heulte das Wesen auf und taumelte mit wirbelnden Armen zurück. Es zuckte und lag still.

Auf der Lichtung krachten in kurzen Abständen vier Schüsse. Im Gegensatz zu dem, was Kyral gesagt hatte, schien doch jemand eine Pistole zu haben. Ich hörte einen der Katzenmenschen wimmern, dann ein heiseres, leiser werdendes Rasseln. Etwas Dunkles umklammerte meinen Arm, und ich stieß mit dem Messer zu. Dann ging ich in die Knie, weil sich erneut jemand in meinen Rücken krallte.

Ich schaffte es, die Unterschenkel des Angreifers unter die Armbeuge zu bekommen, und setzte ein Knie auf sein Rückgrat. Dann drückte ich zu, bis er hoch und klagend aufschrie.

Ich spürte, wie das Rückgrat des Katzenmenschen brach, und hörte, wie das tote Ding miaute, als die Luft aus seinen Lungen entwich. Es fiel zur Seite. Aufrecht stehend war es kaum einen Meter zwanzig groß gewesen. Im Schein des ersterbenden Feuers konnte man es für einen toten Luchs halten.

»Rascar . . .« Ich hörte jemanden nach Luft ringen und aufstöhnen. Als ich herumfuhr, sah ich, wie Kyral unter dem Ansturm von sechs oder sieben rasenden Halbmenschen zu Boden ging. Ich warf mich in das Körpergewimmel hinein, riß einen der Körper hoch und versetzte ihm einen Schlag gegen die Kehle.

Sie waren leicht zu töten.

Ich hörte einen hohen, eindringlichen Schrei in der Katzensprache. Dann schienen die fellbewehrten schwarzen Gestalten wieder mit dem Wald zu verschmelzen. So lautlos, wie sie gekommen waren, verschwanden sie wieder. Kyral, der aus einer Stirnwunde blutete, saß halb betäubt auf dem Boden. Einer seiner Arme war bis auf den Knochen aufgeschlitzt. Er war wie gelähmt.

Jemand mußte das Kommando übernehmen. »Licht!« schrie ich. »Macht Licht an! Wenn es hell genug ist, kommen sie nicht zurück! Sie sehen nur dann gut, wenn es dunkel ist!«

Jemand schürte das Feuer. Als trockene Zweige in die Glut flogen, flammte es wieder auf, und ich befahl den jungen Burschen, alle Laternen aufzufüllen, die sie finden konnten, und auch sie anzuzünden. Vier der toten Angreifer lagen mitten auf der Lichtung. Der junge Bursche, dem ich am ersten Tag beim Beladen seines Pferdes geholfen hatte, sah sich einen der Katzenmenschen an, den jemand mit einem Skean ausgeweidet hatte. Plötzlich jagte er auf die Büsche zu, und ich hörte, daß er sich würgend übergab.

Diejenigen, die einen stärkeren Magen hatten, setzte ich dazu ein, die Leichen von der Lichtung zu entfernen. Dann ging ich zurück, um nachzusehen, ob Kyral sehr schwer verletzt war. Er hatte einen Riß im Arm, und sein Gesicht war blutverschmiert, da ihm jemand eine leichte Kopfwunde beigebracht hatte, aber er bestand darauf, sich erst um die Wunden der anderen zu kümmern.

Obwohl keiner unter uns war, der nicht an den Beinen, den Schultern oder auf dem Rücken Kratzwunden aufwies, war doch niemand ernsthaft verletzt worden, und so waren wir eigentlich ganz guter Dinge – bis jemand fragte: »Wo ist Cuinn?«

Er schien nicht bei uns zu sein. Kyral, der leicht humpelte, bestand darauf, daß wir nach ihm suchten, aber ich hatte das Gefühl, daß wir ihn nicht finden würden. »Wahrscheinlich ist er mit seinen Freunden auf und davon«, sagte ich verächtlich und berichtete von seinen Heimlichkeiten. Kyral machte ein ernstes Gesicht.

»Davon hätte ich wissen sollen«, sagte er, aber dann lenkten uns heftige Schreie vom anderen Ende der Lichtung von diesem Thema ab. Wir rannten los und stolperten fast über eine einzelne, leblose Gestalt, die ausgestreckt auf dem Boden lag und mit blinden, toten Augen die Monde anstarrte.

Es war Cuinn. Und man hatte ihm die Gurgel völlig herausgerissen.

6

Als wir den Wald hinter uns gelassen hatten, lag die Straße, die zu den Trockenstädten führte, direkt vor uns. Hier lauerten keine versteckten Gefahren mehr. Einige Männer hinkten noch ein, zwei Tage und mußten sich schonen, da die Katzenmenschen ihnen Arm- oder Beinverletzungen beigebracht hatten, aber mir war klar, daß Kyrals Worte der Wahrheit entsprachen: Eine Karawane, die sich nur eines einzigen Angriffs zu erwehren hatte, konnte von Glück reden.

Cuinn bescherte mir Alpträume. Nachdem ich mich ein, zwei Nächte lang mit seinen zweideutigen Worten beschäftigt hatte, war ich davon überzeugt, daß seine Zeichen nicht den Katzenmenschen, sondern anderen Leuten gegolten hatten. Und seine drängende Frage »Wo ist das Mädchen?« ließ mich einfach nicht los, obwohl sie mir auch später nicht klarer wurde. Mit wem hatte er mich verwechselt? In welche Angelegenheit, glaubte er, war ich verwickelt? Und vor allem: Wer waren die »anderen«, denen er signalisiert hatte? Warum war er das Risiko eingegangen, von den Katzenmenschen angegriffen zu werden und den eigenen Tod nicht auszuschließen?

Da Cuinn tot und Kyral der Meinung war, ich hätte ihm das Leben gerettet, lag nun ein großer Teil der Verantwortung für die Karawane auf meinen Schultern. Seltsamerweise erfreute ich mich daran und schätzte mich glücklich, so oft wie möglich meine Rachegedanken, das Bedürfnis, etwas auszuspionieren, und meine drohende Enttarnung zu vergessen. Während der Tage und Nächte der Reise wurde ich langsam wieder zu dem Trockenstädter, der ich einst gewesen war. Ich wußte, daß ich es bedauern würde, wenn die Mauern von Shainsa am Horizont auftauchen und mich unweigerlich an meinen Auftrag erinnerten.

Wir bogen vom geraden Weg nach Shainsa ab und

machten einen weiten Bogen, bis Kyral bekanntgab, daß er beabsichtige, einen halben oder ganzen Tag in Canarsa, der ummauerten Nichtmenschenstadt, zu verbringen. Sie lag ein gutes Stück abseits unseres Weges. Als ich ihm offen meine Überraschung zeigte, erwiderte er, er verfüge dort über Handelsbeziehungen.

»Wir können alle einen Ruhetag gebrauchen. Die Schweigenden werden bei mir einkaufen, auch wenn sie sonst wenig mit Menschen handeln. Hören Sie, ich bin Ihnen noch etwas schuldig. Sie haben doch Linsen? In Canarsa können Sie dafür bessere Preise erzielen als in Adcarran oder Shainsa. Kommen Sie, ich werde für Sie bürgen.«

Seit der Nacht, in der ich ihn unter den Katzenmenschen hervorgezogen hatte, war Kyral äußerst freundlich zu mir gewesen, und ich wußte nicht, wie ich mich ihm nun widersetzen sollte, ohne zu verraten, daß ich nur vorgab, ein Händler zu sein. Aber in mir machte sich eine tödliche Unruhe breit. Nicht einmal zusammen mit Rakhal war ich in eine Nichtmenschenstadt eingedrungen.

Die Menschen und Nichtmenschen leben auf Wolf seit Jahrhunderten Seite an Seite. Und der Mensch ist nicht immer das überlegenere Wesen. Unter den Trockenstädtern und den vergleichsweise dummen Chaks konnte ich als das, was ich zu sein vorgab, durchkommen, aber Rakhal hatte mich stets gewarnt, den Versuch zu wagen, den Nichtmenschen zu erzählen, ich sei ein Eingeborener.

Trotzdem schloß ich mich Kyral an und nahm den Kasten mit, der in der terranischen Enklave einen Wochenlohn, in den Trockenstädten aber ein kleines Vermögen wert war.

Hinter den Stadttoren sah Canarsa aus wie jede andere Ortschaft. Die Häuser waren rund und ähnelten Bienenstöcken. Die Straßen waren völlig leer. Hinter dem Tor wurden wir von einer vermummten Gestalt begrüßt, die uns mit Zeichen zu verstehen gab, daß wir ihr folgen sollten. Das Wesen war von Kopf bis Fuß in ein rauhes, glänzendes Gewand aus Fasern gehüllt. Es wirkte wie ein Sack.

Aber unter der dichten Vermummung war das Grauen. Die Gestalt ging nicht, sie glitt dahin. Sie hatte weder menschliche Form, noch widerspiegelte sich Menschliches in ihrer Art der Fortbewegung. Der urzeitliche Affenmensch in mir zog sich in eine Ecke meines Bewußtseins zurück. Er zitterte und schnatterte vor Angst. Nahe an meinem Ohr murmelte Kyral: »Außenstehende dürfen die Schweigenden in ihrer wahren Gestalt nicht sehen. Ich glaube zwar, daß sie taubstumm sind, aber Vorsicht ist in jedem Fall geboten.«

»Keine Sorge«, flüsterte ich, froh darüber, daß die Straßen leer waren. Ich ging weiter und versuchte dabei, an den gleitenden Bewegungen, die das vermummte Ding vor uns machte, vorbeizusehen.

Das Geschäft wurde in einer offenen Reethütte abgewickelt, die aussah, als hätte man sie in aller Eile aufgebaut. Sie war weder viereckig noch rund und wies weder ein Sechseck noch sonst irgendeine erkennbare geometrische Form auf. Möglicherweise folgte sie einem völlig eigenständigen Muster, aber meine Menschenaugen waren nicht fähig, es zu erkennen.

Kyral flüsterte kaum hörbar: »Sie reißen sie ab und brennen sie nieder, wenn wir gegangen sind. Nach Ansicht der Schweigenden verschmutzten wir sie zu sehr, als daß sie je wieder betretbar wäre. Meine Familie handelt seit Jahrhunderten mit ihnen; wir sind fast die einzigen, die die Stadt je betreten haben.«

Dann glitten zwei der Schweigenden von Canarsa zu uns in die Hütte. Auch sie trugen grobe, glänzende Gewänder. Kyral brach so schnell ab, daß er den Rest seiner Worte völlig verschluckte.

Es war das seltsamste Geschäft, daß ich je abgewickelt

habe. Kyral breitete die kleinen, aus Stahl geschmiedeten Werkzeuge und feinen Drahtrollen vor sich aus. Ich nahm meine Linsen und ordnete sie zu übersichtlichen Reihen. Die Schweigenden sagten nichts. Sie bewegten sich auch nicht – aber hinter der dünnen Stelle eines grauen Gewandes sah ich einen Fleck, der aussah wie ein phosphoreszierendes Auge. Es bewegte sich hin und her, als würde es die vor ihm ausgebreiteten Waren mit fachmännischem Blick begutachten.

Und dann unterdrückte ich ein Keuchen, denn plötzlich waren zwischen den Warenreihen Lücken. Bestimmte kleine Werkzeuge – Drahtschneider, Kaliperen und Skalpelle – waren verschwunden, und das gleiche galt für die Feindrahtrollen. Ebenso gab es zwischen den Linsen freie Stellen; meine gesamten starken Mikroskoplinsen waren nicht mehr da. Ich sah Kyral kurz an, aber ihn schien dies nicht zu überraschen. Ich erinnerte mich an vage Gerüchte, die ich über die Schweigenden gehört hatte. Schließlich kam ich zu dem Schluß, daß dies – so unheimlich es auch war – nichts anderes war als ihre Art, Geschäfte zu machen.

Kyral zeigte auf eines der Werkzeuge, ein außergewöhnlich gutes Paar Fernrohrlinsen und die letzte Drahtrolle. Die Vermummten bewegten sich immer noch nicht, aber die Linsen und der Draht verschwanden. Das kleine Werkzeug blieb zurück. Einen Augenblick später ließ Kyral die Hand sinken.

Ich benahm mich wie Kyral und blieb bewegungslos, denn ich wartete darauf, was als nächstes passierte. Halbwegs konnte ich es mir schon denken. Dort, wo die leeren Flächen entstanden waren, fingen nun winzige Lichtpunkte an zu glimmen, und eine Weile später verwandelten sie sich in rote, blaue und grüne Edelsteine. Obwohl ich ihren wahren Wert natürlich nicht zu schätzen wußte, schien mir der Handel durchaus fair zu sein.

Kyral jedoch runzelte leicht die Stirn. Er deutete auf einen der grünen Steine, und kurz darauf löste er sich auf und wurde durch einen blauen ersetzt. An einer anderen Stelle, wo sich zuvor chirurgische Instrumente befunden hatten, zeigte er auf den dort liegenden blauen Stein, schüttelte den Kopf und hob drei Finger. Es dauerte nicht lange, dann lag neben dem blauen Stein ein zweiter.

Kyral bewegte sich nicht, aber er hielt immer noch drei Finger hoch. Es gab einen leisen Luftzug. Die beiden Steine lösten sich auf und wurden wieder gegen das chirurgische Instrument ausgetauscht.

Kyral, der sich immer noch nicht bewegte, hielt die drei Finger eine volle Minute erhoben. Schließlich ließ er die Hand wieder sinken und beugte sich vor, um den Rest der Ware wieder einzupacken. Wieder war der Luftzug spürbar – das Chirurgenbesteck verschwand. An seiner Stelle lagen drei blaue Edelsteine. Zum ersten Mal, seit wir an diesen sinistren Ort gekommen waren, verzog sich mein Mund zu einem amüsierten Lächeln. Dem Anschein nach ging der Handel mit den Schweigenden nicht anders vor sich als mit anderen Lebewesen. Trotzdem hatte ich unter den Blicken der zwar vermummten, aber schreckenerregenden Gestalten keine Lust, gegen das, was sie mir als Bezahlung offerierten, Einwände zu erheben. Vorausgesetzt, sie hatten überhaupt Augen, woran ich zweifelte.

Ich schob die Linsen, die sie nicht interessierten, zusammen, packte sie ordentlich wieder ein und half Kyral, jene Waren zu verstauen, die die Schweigenden nicht hatten gebrauchen können. Ich bemerkte, daß sie außer den Mikroskoplinsen und chirurgischen Bestecken den gesamten Draht mitgenommen hatten. Ich konnte mir absolut nicht vorstellen – und ich wollte es auch gar nicht –, was sie damit vorhatten.

Als wir über die Straße unseren Weg zurückgingen –

und zwar diesmal ohne Führer –, war Kyral plötzlich viel gesprächiger. Wahrscheinlich hatte die Spannung ihn an übermäßigem Reden gehindert. »Sie sind Psychokinetiker«, erzählte er. »Das findet man bei nichtmenschlichen Rassen öfters. Ich nehme an, daß sie so sein müssen, wenn sie schon nicht sehen können und keine Hände haben. Aber manchmal frage ich mich, ob wir Trockenstädter überhaupt mit ihnen Handel treiben sollten.«

»Was meinen Sie damit?« fragte ich, obwohl meine Gedanken anderswo waren und mich die Frage beschäftigte, wie es ihnen gelungen war, die Gegenstände einfach verschwinden und wiederauftauchen zu lassen. Was ich gesehen hatte, hatte in mir irgendeine unerklärliche Erinnerung ausgelöst und mich irgendwie an Gefahr denken lassen. Mir war zwar noch nicht ganz klar, warum ich mich vor diesem Phänomen fürchtete, aber ich hatte ein unterschwelliges Gefühl zu bekämpfen, das mich nicht losließ: Ich fühlte mich an einen Zahn erinnert, von dem man weiß, daß er bald zu schmerzen anfangen wird.

»Wir Leute aus Shainsa«, sagte Kyral, »leben zwischen dem Feuer und der Überschwemmung. Auf der einen Seite steht Terra, und auf der anderen ... vielleicht etwas noch Schlimmeres. Wer weiß? Wir wissen sehr wenig über die Schweigenden und die, die ihnen ähnlich sind. Wer weiß, vielleicht geben wir ihnen sogar die Waffen, um uns zu vernichten ...« Er hielt inne, stieß ein Keuchen aus und starrte in eine der Straßen.

Sie lag offen und verlassen zwischen zwei Rundhausreihen. Kyral stierte wie gebannt auf einen Torweg, der sich gerade geöffnet hatte. Ich folgte seinem paralysierten Blick und sah das Mädchen.

Haare, die gesponnenem schwarzem Glas ähnlich sahen, fielen in strengen Wellen über ihre Schultern. Rote Augen, die mich mit fremdartiger Boshaftigkeit anlächelten. All das unter einer finsteren Krone kleiner Sterne.

Und der Krötengott breitete seine schrecklichen Gliedmaßen auf den weißen Falten ihres Hemdes aus.

Kyral schluckte vernehmlich. Seine Hand zuckte hoch, als er die an seinem Hals hängenden Amulette berührte. Mechanisch tat ich es ihm gleich, sah ihn dabei an und fragte mich, ob er nun erneut die Flucht ergreifen würde. Aber er stand einen Augenblick da wie angewachsen. Dann löste sich der Bann. Er machte einen Schritt auf das Mädchen zu, breitete die Arme aus und schrie: »Miellyn!« Es war etwas Herzzerreißendes in der Stimme. Und dann schrie er erneut, und seine Stimme erzeugte auf der leeren Straße verzerrte Echos.

»Miellyn! *Miellyn!*«

Diesmal war es das Mädchen, das sich umdrehte und floh. Ihr weißes Gewand flatterte, und ich sah das Aufleuchten ihrer rennenden Füße, als sie in dem freien Raum zwischen Häusern untertauchte und verschwand.

Kyral machte einen blinden Schritt die Straße hinunter, dann noch einen. Aber bevor er loslaufen konnte, packte ich seinen Arm und brachte ihn, indem ich ihn schüttelte, wieder zur Vernunft.

»Sind Sie verrückt geworden, Mann? Wollen Sie in einer Nichtmenschenstadt hinter jemandem herlaufen?«

Er widersetzte sich ein wenig, aber dann, nachdem er einen gequälten Seufzer ausgestoßen hatte, sagte er: »Schon gut. Ich bleibe hier . . .« Er schüttelte meinen Arm ab.

Er fing erst wieder an zu reden, als wir das Stadttor von Canarsa erreichten, das sich leise, ohne von einer Hand berührt zu werden, hinter uns schloß. Ich hatte den Ort schon wieder vergessen. Ich konnte nur noch an das Mädchen denken, dessen Gesicht ich seit dem Tag, an dem es mich gerettet hatte, nicht mehr vergessen konnte. Nun war sie wieder aufgetaucht. Sie war Kyral erschienen. Was hatte das alles zu bedeuten?

Als wir auf das Lager zugingen, fragte ich: »Sie kennen das Mädchen?« Ich wußte, daß meine Frage vergeblich war. Kyrals Gesicht war verschlossen und nichtssagend. Seine Freundlichkeit war gänzlich verschwunden.

»Ich weiß jetzt, wer Sie sind«, sagte er. »Sie haben mich vor den Katzenmenschen gerettet und mich in Canarsa vor einer Dummheit bewahrt – deswegen kann ich Ihnen nichts antun. Aber es ist nicht gut, sich mit denen abzugeben, die der Krötengott berührt hat.« Er spuckte geräuschvoll auf den Boden, sah mich mit Abscheu an und fügte hinzu: »Wir werden Shainsa in drei Tagen erreichen. Bleiben Sie mir vom Leibe.«

7

Shainsa, das erste Glied in der Kette der Trockenstädte, die auf dem Grund eines längst ausgetrockneten Ozeans liegen, befindet sich im Zentrum einer großen Alkaliebene. Die Stadt ist staubig, verdorrt und von einer Million Jahre Sonnenbestrahlung ausgebleicht. Die Häuser sind hoch und geräumig und haben viele Zimmer und große Fenster. Die ärmlicheren Gebäude wurden aus sonnengetrockneten Ziegeln errichtet, die imposanteren aus dem gebleichten Salzgestein der Klippen, die sich hinter der Stadt erstrecken.

Nachrichten verbreiten sich in den Trockenstädten sehr schnell. Wenn Rakhal sich in der Stadt aufhielt, würde er bald erfahren, daß ich da war. Und er würde vermuten, aus welchem Grund ich gekommen war. Ich hätte mich zwar so maskieren können, daß mich weder meine Schwester noch meine eigene Mutter hätten erkennen können, aber der Illusion, geschickt genug zu sein, um Rakhal hinters Licht führen zu können, gab ich mich nicht hin. Die Maskerade, die mich erst zum Trockenstädter machte, hatte er selber erfunden.

Als die Sonne zum zweitenmal blutigrot hinter den Salzklippen unterging, wußte ich, daß er sich nicht in Shainsa aufhielt. Aber ich blieb und wartete darauf, daß etwas passierte. Die Nächte verbrachte ich in einem kleinen Kämmerchen, das zu einer Weinstube gehörte, und man knöpfte mir für dieses fragwürdige Privileg einen unerhörten Preis ab. Tagsüber, wenn die einschläfernde Stille des blutroten Mittags sich ausbreitete, wanderte ich über die öffentlichen Plätze der Stadt.

So ging es vier Tage lang. Niemand schenkte mir auch nur die geringste Aufmerksamkeit, denn ich war nur einer von vielen schäbig gekleideten Männern, die namenlos waren und irgendwelchen ernsthaften Geschäften nachgingen. Abgesehen von schmutzigen Kindern mit hellem, wolligem Haar, die in aller Seelenruhe auf den windigen Plätzen spielten, war niemand da, der mich auch nur ansah. Die Kinder musterten mein Narbengesicht entweder mit Neugierde oder Furcht. Ich kam auf den Gedanken, daß Rindy ihnen möglicherweise sehr ähnlich war.

Hätte ich noch wie ein Erdenmensch gedacht, hätte ich möglicherweise versucht, eines der Kinder auszufragen oder sein Vertrauen zu gewinnen. Aber ich hatte andere und bessere Pläne.

Am fünften Tag gehörte ich bereits dermaßen zum Erscheinungsbild, daß ich nicht einmal mehr den Kindern auffiel. Auf den Steinbänken im grauen Moos dösten ein paar ausgetrocknet wirkende alte Männer, deren Gesichter ebenso verblichen waren wie ihre Kleidungsstücke. Die Messernarben zahlreicher vergangener Kämpfe zierten ihre Gesichter. Und dann kam unerwartet wie ein Herbststurm in den Salzebenen eine Frau über den gepflasterten Gehweg am Rande des Platzes.

Sie war groß, hatte einen stolzen, schwingenden Gang,

und ihre Bewegungen wurden von einem metallischen Klirren begleitet. Ihre Arme waren gefesselt, ihre Handgelenke waren mit juwelenbestückten Armbändern verziert, die wiederum durch eine lange silberne Kette miteinander verbunden und durch eine Silberschlaufe an ihrer Hüfte gezogen waren. An der Schlaufe hing ein winziges goldenes Vorhängeschloß, in dem ein noch kleinerer Schlüssel steckte. Dies besagte, daß die Frau einer höheren Kaste angehörte als ihr Gatte oder Gefährte. Sie war freiwillig gefesselt, nicht weil es ihr jemand befohlen hatte.

Sie blieb direkt vor mir stehen und hob den Arm zu einem formellen Gruß, wie ein Mann. Die Kette erzeugte ein klirrendes Geräusch, denn auf dem Platz war es sehr still. Die andere Hand der Frau wurde an die Schlaufe gezogen, die an ihrer Hüfte befestigt war. Sie studierte mich einen Augenblick eingehend, und schließlich hob ich den Kopf und erwiderte ihren Blick. Ich weiß nicht, wieso ich erwartet hatte, sie müsse Haare wie gesponnenes Glas und Augen, die mit dem roten Licht eines sterbenden Sterns brannten, haben.

Die Augen dieser Frau waren dunkler als die Giftbeeren der Salzklippen, und ihr Mund sah aus wie eine gefährliche rote Frucht. Sie war jung. Wie jung sie war, sagten mir ihre schmächtigen Schultern und die schmalen, von stählernen Armreifen gezierten Handgelenke. Aber ihre Gesichtszüge hatten Wind und Wetter erlebt, und ihre dunklen Augen manchem gefährlichen geistigen Sturm getrotzt. Beim Anblick meiner Narben zuckte sie nicht einmal zusammen. Sie begegnete meinem Blick, ohne den Kopf zu senken.

»Sie sind fremd hier. Welchen Geschäften gehen Sie in Shainsa nach?«

Ich begegnete dieser direkten Frage mit der Unverschämtheit, nach der sie verlangte. Ohne groß die Lippen zu bewegen, sagte ich: »Ich bin hier, um für die Bordelle von Adcarran Frauen zu kaufen. Gewaschen wären Sie vielleicht geeignet. Wer könnte Ihren Verkauf in die Wege leiten?«

Ohne sich etwas anmerken zu lassen, steckte sie den Tadel ein, aber ihr roter Mund verzog sich unmerklich. Entweder war sie wütend oder führte etwas im Schilde. Sonst gab sie nichts zu erkennen. Der Kampf zwischen uns beiden war eröffnet, und ich wußte schon jetzt, daß ich ihn bis zu seinem Ende würde durchstehen müssen.

Von irgendwoher aus ihren Kleidfalten fiel etwas mit einem leisen Klirren zu Boden. Aber ich kannte den Trick, deswegen rührte ich mich nicht. Schließlich verschwand sie, ohne sich zu bücken und den Gegenstand aufzuheben, und als ich mich umsah, stellte ich fest, daß die kraushaarigen Kinder sich ausnahmslos davongestohlen hatten, ohne ihr Spielzeug mitzunehmen. Aber ein, zwei Gaffer auf den Steinbänken, die alt genug waren, um Neugier zeigen zu dürfen, ohne das Gesicht zu verlieren, schauten mich mit durchdringenden Blicken an.

Nun hätte ich nach dem Namen der Frau fragen können, aber ich hielt mich zurück, denn ich wußte, daß dies meinem eben gewonnenen Prestige abträglich sein würde. Als ich verstohlen nach unten sah, bemerkte ich den winzigen Spiegel, der aus den Falten ihres Pelzgewandes gefallen war. Vielleicht stand ihr Name auf der Rückseite.

Aber ich ließ ihn liegen, damit die Kinder ihn an sich nahmen. Dann kehrte ich in die Weinstube zurück. Mein erstes Ziel hatte ich erreicht: Wenn man schon nicht unauffällig bleiben kann, muß man sich eben so auffällig verhalten, daß niemand einen übersieht. Wie viele Menschen sind schon dazu in der Lage, einen Straßenkrawall akkurat zu beschreiben?

Ich beendete gerade eine schlechte Mahlzeit mit einer Steinflasche schlechten Weines, als der Chak hereinkam, den Inhaber völlig ignorierte und geradewegs auf mich zusteuerte. Er hatte einen schneeweißen Pelz, und seine weiche Schnauze zog sich zusammen, als könne er die ihn umgebenden Gerüche nicht ertragen. Um nicht aus Zufall mit den Tischen, der Theke und den Wandteppichen in Berührung zu kommen, streckte er eine haarige Pranke aus. Sein Fell war parfümiert, und er trug einen Kragen aus bestickter Seide. Der verweichlichte Höfling musterte mich mit der unschuldigen Boshaftigkeit eines Nichtmenschen, der an lediglich Menschen betreffenden Intrigen kein Interesse hat, und sagte: »Im Grofen Hauf von Shainfa wünscht man Fie fu fehen, Narbiger.« Er sprach den Shainsa-Dialekt mit einem affektierten Lispeln aus. »Würde ef Ihnen etwaf aufmachen, mit mir fu kommen?«

Obwohl ich milden Protest erhob, folgte ich ihm. Ich war überrascht, denn ich hatte nicht damit gerechnet, dem Großen Haus so schnell zu begegnen. Seit ich das letztemal in der Stadt gewesen war, hatte das Große Haus von Shainsa viermal den Besitzer gewechselt. Ich war nicht über Gebühr darauf aus, dort zu erscheinen.

Der weiße Chak, der in dieser rauhen Trockenstadt ebenso fehl am Platz war wie ein Juwel im Straßenschmutz oder ein Regentropfen in der Wüste, führte mich über einen sich dahinziehenden Boulevard in einen entlegenen Stadtteil. Er unternahm nicht einmal den Versuch, mich in ein Gespräch zu verwickeln, und bald wurde mir klar, daß dieser hochnäsige Bursche mich seiner Aufmerksamkeit nicht für wert erachtete. Der Wind, der in den Straßen wehte, schien ihn viel mehr zu beschäftigen, denn der zerzauste und verschmutzte sein sorgfältig gekämmtes Fell.

Das Große Haus bestand aus großen, rosafarbenen Basaltblöcken, und sein Eingang wurde von zwei riesigen Säulenfiguren bewacht. Sie waren in Kettenhemden aus Metall gekleidet, die man dem Basalt irgendwie übergezogen hatte, aber das Obermaterial der Ketten war abgetragen. Wenn es hier nach Gold glänzte, konnte man dort den verschmutzten Grundstoff erkennen. Die Säulenfiguren waren geduldig und blind, und ihre Juwelenaugen schon unter einer Sonne verschwunden, die heißer gewesen war als die jetzige.

Die Eingangshalle war gigantisch. Ein terranisches Sternenschiff hätte aufrecht darin stehen können, das war mein erster Eindruck. Aber ich wischte den Gedanken schnell beiseite: Jede Art irdischen Denkens konnte mich nur zu falschen Schlüssen kommen lassen. Aber die Haupthalle war nach einem noch größeren Maßstab gebaut – und außerdem war es hier noch kälter als in der legendären Hölle der Chaks. Und sie war weitaus zu groß für die Menschen, die sich in ihr aufhielten.

An der Decke befand sich eine kleine Solarzelle, aber das machte auch keinen großen Unterschied. Ein mattes Glühen kam aus einem metallenen Kohlenbecken, aber auch das verringerte den Unterschied nicht. Der Chak verschmolz mit den Schatten, und so ging ich die Treppenstufen allein hinab, die in die Halle führten. Ich gab mich so gelassen wie möglich und tastete dennoch bei jedem Schritt nach den Stufen. Die verhältnismäßige Nachtblindheit, an der ich leide, ist das einzige Handikap, das mich von einem echten Eingeborenen Wolfs unterscheidet.

In der Halle hielten sich drei Männer, zwei Frauen und ein Kind auf. Es waren ausnahmslos Trockenstädter, und sie waren einander so ähnlich, daß ich zu dem Schluß kam, daß sie eine Familie waren. Sie trugen kostbare Pelzkleidung, die in unterschiedlichen Farben leuchtete. Einer der Männer – er war alt, ging gebeugt und wies zahlreiche Runzeln auf – machte sich an dem Kohlebecken zu schaffen. Ein schlanker Junge von etwa vierzehn Jahren hockte im Schneidersitz auf einem Kissenstapel in der Ecke. Mit seinen Beinen schien irgend etwas nicht in Ordnung zu sein.

Ein zehnjähriges Mädchen mit einem zu kurzen Rock,

der oberhalb ihrer Lederstiefel spindeldürre Beine sehen ließ, spielte mit irgendwelchen glänzenden Kristallen, die es auf den unebenen Bodenplatten zu Mustern anordnete. Eine der Frauen war eine dicke, faltige Schlampe, deren Juwelen und gefärbte Pelze nicht darüber hinwegtäuschen konnten, daß sie von Reinlichkeit nicht viel hielt.

Ihre Hände waren nicht aneinandergekettet, und sie biß gerade in eine Frucht, deren roter Saft geradewegs auf den Pelz ihres blauen Gewandes tröpfelte. Der alte Mann musterte sie mit einem mordlustigen Blick, als ich hereinkam. Die fette Frau richtete sich etwas auf, legte die Frucht aber nicht beiseite. Der ganze Raum erweckte in mir den Eindruck rechtschaffener Armut. Die fette Frau war der einzige Mißklang, den ich hier entdecken konnte.

Aber es waren der letzte Mann und die letzte Frau, die meine Aufmerksamkeit auf sich zogen, und so nahm ich die anderen nur am Rande wahr. Der Mann war Kyral. Er stand am Fuße der Treppe und sah mich finster an.

Bei der Frau handelte es sich um jene, die ich vor wenigen Stunden beleidigt hatte.

»Sie sind es also«, sagte Kyral. Seine Stimme war völlig neutral. Sie drückte weder Ärger noch Zorn aus. Nicht einmal Haß.

Gar nichts.

Es gab nur eine Möglichkeit, dem zu begegnen. Ich sah das Mädchen an, das auf einem thronähnlichen Sessel neben der fetten Frau saß und aussah wie ein Reh neben einem Schwein, und sagte frech: »Dann kann ich wohl davon ausgehen, daß Sie Ihre Verwandtschaft von meinem Angebot unterrichtet haben.«

Sie errötete. Das war mir Triumph genug. Um nicht zu überheblich zu erscheinen, hielt ich mich zurück. Der Gevatter gackerte mit seiner hohen Greisenstimme los, aber Kyral warf ein scharfes, einsilbiges Wort dazwischen, das mir sofort klarmachte, daß das Mädchen mein Angebot tatsächlich zum besten gegeben hatte. Ich hatte also mit meiner erneuten Bemerkung nichts verspielt. Ich erkannte lediglich an Kyrals Kinn, daß er verärgert war, als er kühl sagte: »Sei still, Dallisa! Wo hast du dich wieder herumgetrieben?«

Ich sagte dreist: »Seit ich das letzte Mal die Salzklippen roch, hat das Große Haus den Herrscher gewechselt. Neuankömmlinge kennen deswegen nicht meinen Namen – und der Ihre ist mir unbekannt.«

Der alte Gevatter sagte mit dünner Stimme zu Kyral: »Unser Name hat sein *Kihar* verloren. Eine Tochter lockt der Spielzeugmacher hinweg, und die andere spricht Fremde auf der Straße an. Und dann noch einen heimatlosen Nichtsnutz, der nicht einmal unseren Namen kennt.«

Meine Augen, die sich allmählich an das dunkle Glühen des Kohlebeckens gewöhnten, sahen, daß Kyral sich mit einem Stirnrunzeln auf die Unterlippe biß. Dann deutete er auf einen Tisch, auf dem mehrere Gläser standen. Auf seine Geste hin erschien der weiße Chak mit lautlosen Schritten und füllte sie mit Wein.

»Wenn Sie keine Blutfehde mit meiner Familie haben – werden Sie dann ewas mit mir trinken?«

»Das werde ich«, sagte ich und entspannte mich. Selbst wenn er den narbenbedeckten Erdenmenschen vom Raumhafen mit mir in Verbindung gebracht hatte – das Thema schien ihn im Moment nicht zu interessieren. Er schien zwar überrascht zu sein, aber er wartete, bis ich mein Glas gehoben und einen Schluck getrunken hatte. Dann sprang er mit einer blitzschnellen Bewegung von seinem Sitz und schlug mir das Glas aus der Hand.

Ich taumelte zurück, wischte mir den Mund ab und überdachte im Bruchteil einer Sekunde meine Möglichkeiten. Was er getan hatte, war eine tödliche Beleidigung gewesen. Ich hatte jetzt keine andere Wahl mehr, als zu kämpfen. In Shainsa hatte man Menschen schon aus geringeren Gründen umgebracht. Ich war hierhergekommen, um eine Fehde zu beenden, nicht um mich in eine neue verwickeln zu lassen, aber im gleichen Moment, als ich dies dachte, hatte ich auch schon meinen Skean hervorgerissen. Meine Stimme klang so schrill, daß ich selbst überrascht war.

»Sie erniedrigen mich unter Ihrem eigenen Dach . . .«

»Spitzel! Renegat!« donnerte Kyral. Er rührte seinen Skean nicht an. Er ergriff eine vierschwänzige Peitsche, die auf dem Tisch lag, und ließ sie durch die Luft zischen. Das langbeinige Mädchen wich zurück. Ich ging einen Schritt nach hinten und tat alles, um meine verzweifelte Verwirrung zu verbergen. Ich hatte nicht die geringste Ahnung, was Kyrals unerwarteten Angriff provoziert hatte, aber wo auch immer die Gründe lagen – ich hatte einen schlimmen Fehler gemacht und konnte mich glücklich schätzen, wenn ich lebend hier herauskam.

Kyrals Stimme erbebte vor deutlich wahrnehmbarer Wut. »Sie wagen es, in mein eigenes Haus zu kommen, nachdem ich Ihnen, blind wie ich war, zur Kharsa und zurück gefolgt bin? Dafür werden Sie jetzt bezahlen.«

Die Peitsche durchschnitt singend die Luft und zischte an meiner Schulter vorbei. Ich sprang zur Seite und zog mich Schritt um Schritt zurück, während Kyral die mächtigen Riemen schwang. Dann klatschte es, und ein Schmerz, der mich an heißglühendes Eisen erinnerte, zuckte durch meinen Oberarm. Mit tauben Fingern ließ ich den Skean fallen.

Die Peitsche klatschte gegen den Boden.

»Heben Sie den Skean auf«, sagte Kyral. »Nehmen Sie ihn an sich, wenn Sie es wagen.« Erneut hob er die Peitsche.

Die dicke Frau kreischte.

Ich blieb steif stehen und berechnete die Chance, ihn mit einem schnellen Sprung zu entwaffnen. Plötzlich sprang das Mädchen Dallisa von seinem Sessel auf. Ihre Ketten klirrten, es hörte sich an wie Musik.

»Nein, Kyral! Nein, Kyral!«

Er machte eine leise Bewegung, ließ mich jedoch nicht aus den Augen.

»Geh zurück, Dallisa.«

»Nein! Warte!« Sie lief auf ihn zu, packte den Arm, mit dem er die Peitsche hielt, riß ihn nach unten und redete eilig und drängend auf Kyral ein. Sein Gesicht veränderte sich, während sie zu ihm sprach. Er holte tief Luft. Dann warf er die Peitsche neben meinen Skean auf den Boden.

»Antworten Sie – ohne Ausflüchte, und bei Ihrem Leben! Was suchen Sie in Shainsa?«

Ich konnte es einen Augenblick lang kaum fassen, daß ich dem Tod nicht mehr ins Auge sah und nicht mehr zu fürchten brauchte, als blutiggeschlagene Masse zu Kyrals Füßen zu enden. Das Mädchen ging zu seinem thronähnlichen Sessel zurück. Jetzt mußte ich entweder die Wahrheit oder eine überzeugend klingende Lüge erzählen. Aber wenn man die Regeln eines Spiels nicht kennt, kann man es nur schlecht gewinnen. Die Erklärung, von der ich annahm, daß sie mich zu retten vermochte, konnte ebenso meinen sofortigen und peinvollen Tod zur Folge haben. Plötzlich, mit beinahe schmerzhafter Eindringlichkeit, wünschte ich mir, Rakhal hätte neben mir gestanden.

Aber ich mußte mich allein herausbluffen.

Wenn sie in mir Race Cargill erkannten – den terranischen Spion, der sich oft in Shainsa aufgehalten hatte –, dachte ich, würden sie mich vielleicht freilassen. Es war möglich, nahm ich an, daß sie Sympathisanten der Terraner waren. Andererseits konnten Kyrals Ausrufe »Spitzel! Renegat!« genau das Gegenteil bedeuten.

Ich stand da und versuchte, den stechenden Schmerz in

meinem Arm zu vergessen, aber ich wußte, daß das Blut an meiner Schulter herunterlief. Schließlich sagte ich: »Ich bin gekommen, um eine Blutfehde auszutragen.«

Kyrals Lippen wurden dünner. Offensichtlich sollte seine Grimasse ein Lächeln darstellen. »Das werden Sie, zweifellos. Aber mit wem, das wird sich erst noch zeigen.«

Da ich wußte, daß ich nichts mehr zu verlieren hatte, sagte ich: »Mit einem Renegaten namens Rakhal Sensar.«

Der alte Mann war der einzige, der mit Worten auf meine Äußerung reagierte. Er sagte dumpf: »Rakhal Sensar?«

Ich fühlte mich nun stärker; immerhin war ich noch nicht tot.

»Ich habe geschworen, ihn umzubringen.«

Kyral klatschte plötzlich in die Hände und rief dem weißen Chak zu, er solle die Glasscherben vom Boden entfernen. Dann sagte er mit belegter Stimme: »Sie sind nicht selbst Rakhal Sensar?«

»Ich habe dir doch gesagt, daß er es *nicht* ist«, warf Dallisa mit einem hohen, fast hysterischen Tonfall ein. »Ich habe es doch gleich gesagt.«

»Aber seine Narben ... und seine Körpergröße! Was sollte ich anderes denken?« Kyral klang verunsichert. Er füllte ein Glas mit Wein, reichte es mir und fügte heiser hinzu: »Ich hätte nicht geglaubt, daß selbst der Renegat Rakhal so weit gehen würde, mit mir zu trinken.«

»Das hätte er auch nicht getan.« Dessen war ich mir sicher. Der terranische Ehrenkodex hatte Rakhal zwar über Gebühr beeindruckt, aber in seinem tiefsten Inneren hielt er immer noch an den Regeln seiner eigenen Welt fest. Wenn diese Leute eine Blutfehde mit ihm auszutragen hatten und Rakhal meine Stelle eingenommen hätte, hätte er sich lieber blutig schlagen lassen, statt ihren Wein zu trinken.

Ich nahm das Glas, hob es hoch und leerte es. Dann hielt

ich es von mir und sagte: »Rakhals Leben gehört mir. Aber ich schwöre bei der roten Sonne und den unbeweglichen Bergen, beim schwarzen Schnee und dem Geisterwind, daß ich mit niemandem, der unter diesem Dach lebt, im Streit liege.« Dann warf ich das Glas zu Boden, wo es auf den Steinen zerschellte.

Kyral zögerte, aber der flammende Blick des Mädchens führte dazu, daß er sich schnell ein Glas Wein einschenkte, ein paar hastige Schlucke trank und dann meinem Beispiel folgte. Dann kam er einen Schritt auf mich zu und legte seine Hände auf meine Schultern. Ich zuckte zusammen, als er die Wunde berührte, die seine Peitsche gerissen hatte, deswegen konnte ich meinen Arm nicht heben, um die Zeremonie zur vollen Gültigkeit zu führen.

Kyral trat zurück und zuckte die Achseln. »Soll eine der Frauen nach Ihrer Wunde sehen?« Er sah Dallisa an, aber sie verzog den Mund und sagte: »Tu es doch selbst.«

»Es ist nichts«, sagte ich, nicht ganz der Wahrheit entsprechend. »Aber ich verlange als Vergütung für mein unter Ihrem Dach vergossenes Blut, daß Sie mir alles sagen, was Sie über den Spitzel und Renegaten Rakhal wissen.«

Kyral sagte wild: »Wenn ich etwas wüßte, wäre ich dann noch hier?«

Der alte Gevatter, der sich hingesetzt hatte, stieß ein schrilles, meckerndes Gelächter aus. »Du hast mit ihm getrunken, Kyral – jetzt hat er dich dazu verpflichtet, ihm nichts anzutun! Ich kenne Rakhals Geschichte! Er hat zwölf Jahre lang für Terra spioniert. Zwölf Jahre – und dann kämpfte er gegen sie, warf ihnen ihr dreckiges Geld ins Gesicht und verließ sie. Aber sein Partner war irgendein Halbblut aus den Trockenstädten oder ein terranischer Agent, und sie fielen mit Klauenhandschuhen übereinander her und hätten sich beinahe umgebracht, wenn die ehrlosen Terraner nicht eingeschritten wären. Du solltest die *Kifirgh*-Zeichen in seinem Gesicht nicht übersehen!«

»Bei den goldenen Ketten Sharras«, sagte Kyral und musterte mich mit einem Ausdruck, der ein Grinsen sein sollte. »Wenn ich schon nicht weiß, wer Sie sind, so scheinen Sie doch ein sehr kluger Mann zu sein. Was sind Sie? Ein Spion oder der Abkömmling einer adcarranischen Hure?«

»Was ich bin, soll Sie nicht interessieren«, erwiderte ich. »Sie haben eine Blutfehde mit Rakhal, aber da die meine älter ist, gehört sein Leben mir. So wie die Ehre es verlangt, ihn zu töten« – die formellen Phrasen kamen ohne Schwierigkeiten über meine Lippen; den Erdenmenschen hatte ich völlig abgelegt –, »so sind Sie durch die Ehre daran gebunden, mir zu helfen, ihn umzubringen. Wenn jemand, der unter diesem Dach lebt, etwas von Rakhal weiß . . .«

Kyral entblößte lächelnd die Zähne.

»Rakhal arbeitet gegen den Sohn des Affen«, sagte er und benutzte den beleidigenden Ausdruck der Bewohner Wolfs für die Terraner. »Wenn wir Ihnen helfen würden, ihn umzubringen, zögen wir einen Dorn aus ihrer Flanke. Ich würde es bevorzugen, wenn die dreckigen Terraner ihre eigene Kraft damit vergeudeten, sich dieses Dorns zu entledigen. Und außerdem halte ich Sie selbst für einen Erdenmenschen. Sie haben keinen Anspruch auf die Höflichkeit, die ich unseresgleichen, dem Himmelsvolk, erweisen würde. Aber Sie haben mit mir Wein getrunken, und ich habe keinen Streit mit Ihnen.« Er hob die Hand. Damit war ich entlassen und stand außerhalb. »Verlassen Sie unbesorgt mein Haus – und meine Stadt in allen Ehren.«

Ich konnte weder protestieren noch bitten. Das *Kihar*, die persönliche Ehre eines Mannes, ist eine kostbare Angelegenheit in Shainsa. Kyral hatte mir eine goldene Brücke gebaut; mehr konnte ich nicht verlangen. Andererseits war ich mein *Kihar* aber auch los, wenn ich mich wie eine niedrige Kreatur aus dem Haus weisen ließ.

Eine verzweifelte Möglichkeit blieb mir noch.

»Auf ein Wort«, sagte ich und hob die Hand. Und während Kyral sich halb umdrehte, sein Erstaunen zeigte und glaubte, ich wolle meine Ehre durch eine zusätzliche Bitte belasten, warf ich ihm entgegen: »Ich werde eine *Shegri*-Wette mit Ihnen eingehen.«

Seine eiserne Beherrschung schien erschüttert zu sein. Ich hatte seiner Überzeugung, ein Erdenmensch zu sein, einen Schlag versetzt, denn wahrscheinlich haben nicht mehr als ein halbes Dutzend Terraner je von einer *Shegri*-Wette gehört. Es ist das gefährlichste Spiel, das die Trokkenstädter kennen.

Es ist deswegen kein gewöhnliches Spiel, weil es den Einsatz des Lebens erfordert und einen möglicherweise den Verstand kosten kann. Tatsächlich geht man eine *Shegri*-Wette nur sehr selten ein – dann nämlich, wenn man nichts anderes mehr zu verlieren hat.

Es ist ein grausames und sicher auch dekadentes Spiel, das im uns zugänglichen Teil des Universums seinesgleichen sucht.

Aber ich hatte keine andere Wahl. Die Spur, der ich gefolgt war, war in Shainsa erkaltet. Rakhal konnte sich überall auf dem Planeten befinden, und die Hälfte des Monats, den Magnusson mir zugestanden hatte, war bereits verstrichen. Wenn ich es nicht schaffte, das aus Kyral herauszupressen, was er wußte, konnte ich ebensogut gleich aufgeben.

Deswegen wiederholte ich: »Ich werde eine *Shegri*-Wette mit Ihnen eingehen.«

Kyral stand unbeweglich da.

Denn das, was ein Shegrine verwettet, ist seine Courage und seine Ausdauer angesichts der Folter und eines ungewissen Schicksals. Auf seiner Seite steht der Einsatz schon vor dem Spielbeginn fest, aber wenn er verliert, ist seine Strafe oder Buße demjenigen überlassen, den er gefordert hat. Und der Sieger kann dem Verlierer antun, was ihm gerade in den Sinn kommt.

Die Regeln sind folgende:

Der Shegrine läßt sich von Sonnenaufgang bis Sonnenuntergang foltern. Hält er der Folter stand, hat er gewonnen. So einfach ist das. Er kann die Folter jederzeit mit einem Wort beenden, aber wenn er dies tut, gesteht er seine Niederlage ein.

So gefährlich, wie die Sache auf den ersten Blick zu sein scheint, ist sie nicht. Da der Opponent durch den eisernen Kodex Wolfs daran gebunden ist, dem Delinquenten keine bleibenden körperlichen Schäden zuzufügen, darf er ihm keine Verletzungen beibringen, die nicht innerhalb von drei Tagen wieder heilen. Aber von Sonnenaufgang bis Sonnenuntergang muß der Shegrine jede schmerzhafte Gemeinheit über sich ergehen lassen, die man laut der halbmenschlichen Mentalität des Planeten Wolf ertragen können muß.

Wer es schafft, die Folter zu überstehen, und seinen Geist auf das Ziel konzentrieren kann, das ihm allein wichtig erscheint, kann den Preis seines Sieges selbst festsetzen. Er kann dann alles verlangen, was die Traditionen zugestehen.

Das Schweigen in der Halle dehnte sich aus. Dallisa hatte sich aufgerichtet und sah mich eingehend an. Sie öffnete den Mund ein kleines Stück, und zwischen ihren Lippen wurde eine kleine rosa Zunge sichtbar. Das einzige Geräusch kam von der dicken Frau, die leise irgendwelche Nüsse knabberte und deren Schalen in das Kohlebecken warf. Selbst das Mädchen auf den Stufen hatte das Spiel mit den Kristallscheiben eingestellt. Es saß da und starrte mich mit offenem Mund an. Schließlich sagte Kyral: »Um welchen Preis soll es gehen?«

»Sie sagen mir alles, was Sie über Rakhal Sensar wissen, und lassen in Shainsa nichts über mich verlauten.«

»Beim roten Schatten«, stieß Kyral hervor. »Sie haben wirklich Mut, Rascar!«

»Sagen Sie nicht mehr als ja oder nein!« gab ich zurück.

Mein Tadel sorgte dafür, daß er in Schweigen verfiel. Dallisa beugte sich vor, und ohne einen bestimmten Grund fühlte ich mich erneut an ein Mädchen erinnert, dessen Haar gesponnenem Glas ähnlich sah.

Kyral hob die Hand. »Ich sage nein. Ich habe eine Blutfehde mit Rakhal und bin nicht bereit, sein Leben einem anderen zu überlassen. Außerdem glaube ich, daß Sie ein Terraner sind. Ich werde nicht mit Ihnen handeln. Und schließlich haben Sie mir zweimal das Leben gerettet, deswegen würde ich kein Vergnügen dabei empfinden, Sie zu foltern. Ich sage nein. Trinken Sie noch einen Schluck mit mir, dann wollen wir uns ohne Streit voneinander trennen.«

Geschlagen wandte ich mich ab.

»Moment«, sagte Dallisa.

Sie stand auf, erhob sich aus ihrem Sessel. Langsam kam sie auf mich zu. Ihre Bewegungen waren voller Würde, und die Ketten ihrer Handfesseln klirrten rhythmisch. »Ich habe etwas mit diesem Mann auszutragen.«

Ich wollte zuerst erwidern, daß ich keine Lust hatte, mich mit einer Frau auseinanderzusetzen, aber dann hielt ich inne. Die terranische Sitte, sich Frauen gegenüber ritterlich zu verhalten, existierte auf Wolf nicht.

Sie sah mich mit ihren dunklen Giftbeerenaugen an, maß mich von oben herab mit einem eisigen und amüsierten Blick und sagte: »Wenn Sie keine Angst vor mir haben, Rascar, gehe ich eine *Shegri*-Wette mit Ihnen ein.«

Und plötzlich war mir klar: Wenn ich verlor, würde ich mir nichts sehnlicher wünschen, als mich Kyral und seiner Peitsche oder den wilden Bestien anvertraut zu haben.

8

Ich schlief in dieser Nacht nur wenig.

In Daillon erzählte man sich von einer *Shegri*-Wette, bei der man den Herausforderer mit verbundenen Augen allein in einen Raum brachte und ihm sagte, er solle dort den Beginn der Folter abwarten.

Irgendwann während der dunklen Stunden des Wartens – zwischen dem Unbekannten und dem Unerwarteten, den Stunden, in denen alle Schrecken vergangener *Shegri* an ihm vorbeizogen –, wurde allein die Qual der Erwartung für ihn unerträglich. Kurz nach Mittag brach er mit grauenhaftem Geschrei zusammen und starb wie ein schäumender Irrer – unverletzt, ohne angerührt worden zu sein ...

Langsam wurde es Tag, und mit den ersten Lichtstrahlen kam Dallisa mit dem weißen Chak, der mit boshaft-unbeteiligtem Gesicht schnüffelnd die ärmliche Halle durchquerte. Sie brachten mich in eine tieferliegende Zelle, wo der Sonnenaufgang kaum wahrnehmbar war. »Die Sonne ist aufgegangen«, sagte Dallisa.

Ich sagte nichts, denn jedes Wort konnte als Eingeständnis der Niederlage gewertet werden. Ich war entschlossen, ihr keinen Vorwand zu liefern. Aber ich fröstelte und hatte das unbestimmte Gefühl, daß sich die Haare auf meinen Unterarmen vor Spannung und Angst steil aufrichteten.

»Er ist noch nicht untersucht worden«, sagte Dallisa zu dem Chak. »Schau nach, ob er keine anästhetische Droge genommen hat.«

Obwohl ich mich in diesem Moment fragte, warum ich nicht selbst auf diese Idee gekommen war, mußte ich ihr die Gründlichkeit, mit der sie zu Werke ging, anrechnen. Drogen hätten mein Bewußtsein ausschalten oder mich zumindest gegen die Realität abkapseln können. Der weiße Nichtmensch machte einen Satz vorwärts und band meine Arme mit eisenharten Händen. Dann riß er mir den Mund auf. Ich spürte, wie seine Finger meinen Gaumen abtasteten. Ich würgte, setzte mich instinktiv zur Wehr und war nahe daran, mich zu übergeben.

Dallisas Giftbeerenaugen sahen mich, als ich mich aufzurichten versuchte und alles tat, um meinen Ekel zu überwinden, von oben herab an. Irgend etwas in ihrem unbeteiligt wirkenden Gesicht führte dazu, daß ich mich beherrschte. Ich hatte einen Moment lang aus Wut über meine verletzten Gefühle gerast. Jetzt wurde mir klar, daß es eine vorausberechnete, sorgfältig geplante Geste gewesen war, damit ich die Selbstkontrolle verlor und meine eigene Widerstandskraft schwächte.

Wenn sie mich dazu bringen konnte, in Wut zu geraten und meine Kraft in einem Zornesausbruch zu vergeuden, kämpfte meine eigene Vorstellungskraft auf ihrer Seite und würde dafür sorgen, daß ich schon vor dem Ende keine Kontrolle mehr über mich besaß. Im Blick ihrer Augen schwimmend, wurde mir klar, daß sie nicht einen Moment lang geglaubt hatte, ich hätte Drogen zu mir genommen. Und da sie Kyrals Hinweis – daß ich ein Terraner sei – folgte, hatte sie sich des Wissensvorteils um die terranische Abneigung gegenüber Nichtmenschen bedient.

»Verbinde ihm die Augen«, befahl Dallisa. Dann gab sie plötzlich eine Gegenanweisung: »Nein, fessele ihn zuerst zu Ende.«

Der Chak riß mir Hemd, Schuhe und Hose vom Leib. Meinen ersten Triumph hatte ich, als die striemigen Klauenverletzungen offenlagen, die meine Schultern zierten, denn sie waren, falls das überhaupt möglich war, noch schlimmer anzusehen als meine Gesichtsnarben. Der Chak riß in verschrecktem Entsetzen seine Schnauze hoch. Dallisa zuckte zusammen. Ich konnte beinahe ihre Gedanken lesen: *Wenn er das ausgehalten hat – wie kann ich dann noch hoffen, ihn um Gnade winseln zu sehen?*

Ich erinnerte mich kurz an die Momente, in denen ich halbtot im Fieber dagelegen und darauf gewartet hatte, daß die von Rakhal hervorgerufenen Wunden heilten. Ich war monatelang der Ansicht gewesen, daß mich von nun an nichts mehr würde schmerzen können – daß ich die schlimmsten Leiden hinter mir hatte, die es gab. Aber damals war ich jünger gewesen.

Dallisa ergriff zwei kleine, scharfe Messer, wog sie kurz in den Händen und gab dem Chak einen Wink. Ohne zu zögern, ließ ich mich auf den Rücken legen und wie ein gefangener Adler gegen die Wand lehnen.

»Nagle seine Hände gegen die Wand«, befahl Dallisa.

Meine Hände zuckten unkontrolliert und erwarteten das Zustechen des Eisens. Meine Kehle verengte sich in panischer Angst. Was sie vorhatte, war gegen die Regeln, denn es war Vorschrift, dem Herausforderer keine bleibenden Schäden zuzufügen. Ich öffnete den Mund, um gegen den Bruch des Kodex zu protestieren, aber dann sah ich ihren flammenden, starrenden Blick. Auf meiner Stirn bildeten sich plötzlich Schweißperlen. Ich hatte mich diesen Leuten völlig ausgeliefert – und wie Kyral gesagt hatte, waren sie in keiner Weise verpflichtet, die Ehre eines Terraners zu respektieren.

Dann, als meine Hände sich zu Fäusten ballten, zwang ich mich dazu, mich zu entspannen. Ihr Vorhaben war ein Bluff, ein ausgeklügelter Trick, um mich dazu zu bringen, den Pakt zu brechen und um Gnade zu flehen. Ich preßte die Lippen aufeinander, preßte die Handrücken ausgebreitet gegen die Wand und wartete bewegungslos ab.

Mit singender Stimme sagte Dallisa: »Paß auf, daß du seine Sehnen nicht triffst. Wenn seine Hände gelähmt bleiben, könnte er behaupten, wir hätten den Kodex verletzt.«

Die rasiermesserscharfen Klingenspitzen berührten meine Handflächen. Bevor der Schmerz zu mir durchdrang, spürte ich, wie mein Blut floß. Mit einer Anstrengung, die alle Farbe aus meinem Gesicht weichen ließ, blieb ich bewegungslos sitzen. Die Klingen bohrten sich tiefer.

Dallisa gab dem Chak einen Wink. Er ließ die Messer sinken. Die Stichwunden, die er mir beigebracht hatte, mochten drei Millimeter tief sein. Ich hatte sie bluffen können. Hatte ich das wirklich?

Wenn ich erwartet hatte – und das hatte ich –, sie würde ihren Unmut verbergen, sah ich mich getäuscht. Mit einer abrupten Geste, als sei sie des Spiels schon jetzt überdrüssig, gab sie dem Chak eine Anweisung. Ich konnte ein Keuchen gerade noch unterdrücken, als mir die Arme über den Kopf gerissen, mit Gewalt zusammengedrückt und mit einer dünnen, tief ins Fleisch schneidenden Kordel zusammengebunden wurden. Als ich dann brutal hochgezogen wurde, glaubte ich, meine Arme müßten sich von den Schultern lösen. Der gigantische Chak grunzte vor Anstrengung, als er mich hochriß, bis meine Zehen kaum noch den Boden berührten.

»Verbinde ihm die Augen«, sagte Dallisa interesselos, »damit er nicht sehen kann, wann die Sonne auf- oder untergeht und was auf ihn zukommt.«

Etwas Weiches legte sich auf meine Augen. Es wurde dunkel. Kurz darauf hörte ich, wie ihre Schritte sich von mir entfernten. Die Arme, die über meinem Kopf zusammengebunden waren, fingen nun höllisch an zu schmerzen. Aber allzu schlimm war es noch nicht. Gewiß war dies nicht alles, was sie mit mir vorhatte ...

In allem Ernst überprüfte ich meine Vorstellungskraft und konzentrierte mich ganz auf meine Gedanken. Es gab nur einen Weg, mit dem, was mir drohte, fertig zu werden. Ich hing blind und gefesselt an einer Wand, und meine Füße berührten kaum den Boden. Ich konnte mich nur auf die jeweilige Lage einstellen, das war alles. Was danach kam, durfte mich in diesem Augenblick nicht interessieren. Zuallererst versuchte ich wieder Boden unter die Füße zu bekommen. Als ich mich so groß wie möglich machte, stellte ich fest, daß es mir gelang, mein Gewicht zu tragen, wenn ich mich auf die Zehenspitzen stellte. Nun allerdings taten mir die Arme weh, denn das mich haltende Seil war zu kurz.

Eine Weile später spürte ich, wie sich in meinen Fußgelenken ein Krampf bildete, der es mir unmöglich machte, weiterhin auf den Zehenspitzen zu stehen. Ich ließ mich an den Handgelenken hängen, aber dann wurde der Schmerz so stark, daß ich beinahe aufschrie. Dann gewann ich den Eindruck, als sei jemand neben mir, der leise atmete.

Kurz darauf wurde das Schmerzgefühl stärker. Dann nahm es ab. Dann verdichtete es sich wieder zu einem gewaltigen Krampf, und mir blieb nichts anderes übrig, als wieder nach Boden zu suchen. Mir wurde klar, daß diese Art der Fesselung, die mir immer wieder die Hoffnung gab, wenigstens von Zeit zu Zeit Schmerzlinderung zu erfahren, eine besondere Gemeinheit darstellte.

Ich weiß nicht im geringsten – nicht einmal heute –, wie lange ich diesen schmerzhaften Zyklus über mich ergehen ließ: Einmal suchte ich auf dem Steinboden mit den Zehen nach einem Halt, dann zog ich mich mit aller Kraft an den Seilen nach oben, was wieder meine Hände unmenschlich belastete. Die momentane Erleichterung, die ich verspürte, war nur eine Illusion, da die Schmerzen sich auf andere Körperteile verlagerten.

Dann fing ich an zu beben. Es tat weh, wurde zu einem körperlichen Schmerz und breitete sich von den Händen bis zu den Füßen aus. Schließlich – ich versuchte es so lange wie möglich hinauszuzögern – kam die endliche, schreckliche Qual über mich, als ich mich einfach niedersacken ließ und mein gesamtes Körpergewicht an den Händen hing. Ich glaubte meine Knochen knirschen zu hören.

Einmal versuchte ich zu berechnen, wieviel Zeit inzwischen vergangen war, wie viele Stunden schon herum waren. Dann mahnte ich mich zur Ruhe, denn ein solches Vorgehen war schierer Wahnsinn. Aber da ich den Prozeß einmal in Gang gesetzt hattte, war mein Bewußtsein auf diese Rechenaufgabe fixiert, und so stellte ich schließlich fest, daß ich mich rastlos mit dem Zählen von Sekunden und Minuten beschäftigte, bis der Zyklus wieder von neuem begann. Ich machte mich größer, verlagerte den Druck auf die Arme; dann fing der Schmerz wieder in den Schenkeln, Fußgelenken und Zehen an. Er kroch über meine Rippen zu den Schultern hinauf. Dann ließ ich mich wieder fallen.

Meine Kehle war wie ausgetrocknet. Unter anderen Umständen hätte ich anhand von Hunger und Durst die Zeit berechnen können, aber die harte Behandlung, die ich erfahren hatte, machte dies unmöglich. Ich litt an anderen, unaussprechlichen, erniedrigenden Schmerzen.

Nach einer Zeit stellte ich mir alle möglichen noch schlimmeren Foltermethoden vor, um mir selbst den Rükken zu stärken. So hatte ich von einem Mann gehört, den man giftigen Insektenbissen ausgesetzt hatte. Sie hatten zwar nicht tödlich gewirkt, waren aber schmerzhaft genug gewesen. Insekten konnte man ebenso dazu abrichten, daß sie einen nicht nur bissen, sondern enthäuteten. Man hätte mich auch mit Feuer behandeln können ...

Mit äußerster Willensstärke schob ich diese Erinnerungen beiseite. In Daillon hatte ein Mann angesichts der Erwartung einer ihm unbekannten Folter den Verstand verloren. Es gab nur eine Möglichkeit, so etwas für sich selbst zu verhindern. Man mußte so tun, als existiere für einen nichts als die Gegenwart. Man durfte nicht vergessen, daß die Regeln ernsthafte Verletzungen verboten – und daß diese Tortur bei Sonnenuntergang beendet war.

Allmählich aber verblaßten all diese rationalen Gedanken in einem Halbdelirium aus Durst und Schmerzen. Sie verengten sich zu einer rotglühenden Agonie zwischen meinen Schulterblättern. Wieder stellte ich mich auf die Zehenspitzen.

Meine Füße brannten in weißglühender Pein. Das rauhe Gestein, auf dem meine Zehen ruhten, war plötzlich mit Metall bedeckt. Ich roch versengendes Fleisch, riß die Füße wortlos wieder hoch, knirschte zornig mit den Zähnen und ließ den Schmerz, den ich spürte, allein von meinen Schultern tragen.

Und dann verlor ich die Besinnung – jedenfalls für einige Zeit, denn als ich wieder zu mir kam und den mich umgebenden Alptraum aus Schmerzen durchdrang, ruhten meine Zehen leicht und sicher auf kaltem Gestein. Der Geruch des versengten Fleisches war jedoch geblieben, ebenso das peinigende Zerren in meinen Zehen. Der Geruch wurde von einem Parfümhauch aus nächster Nähe überlagert.

»Ich habe nicht vor, unsere Abmachung dadurch ungültig werden zu lassen, daß Ihre Füße Schaden nehmen«, murmelte Dallisa. »Das Feuer sollte lediglich dazu dienen, Ihnen klarzumachen, daß es nicht allzu sicher ist, sich auf den Zehenspitzen auszuruhen.«

Ich spürte, daß sich in meinem Mund Blutgeschmack mit dem sauren Geschmack von Erbrochenem mischte. Ich kam mir vor wie im Delirium, mein Kopf fühlte sich leicht an. Nach einer weiteren Ewigkeit fragte ich mich, ob ich wirklich Dallisas Stimme vernommen hatte – oder ob es ein fiebergeborener Alptraum gewesen war.

Du brauchst nur zu bitten. Ein Wort, ein einziges Wort genügt, dann lasse ich dich frei, starker, narbenbedeckter Mann. Dafür verlange ich vielleicht nicht mehr als etwas Platz zwischen deinen Armen. Wäre ein solcher Untergang nicht das Paradies für dich? Vielleicht lasse ich dich frei, damit du Rakhal suchen kannst. Vielleicht will ich damit nur

Kyral eins auswischen. Ein Wort, sage nur ein Wort. Ein Wort, du brauchst nur ein Wort zu sagen ...

Es erstarb in einem endlose Echos werfenden Flüstern. Mitgerissen und geblendet fragte ich mich, warum ich weiterhin durchhielt. Als ich mir mit der trockenen Zunge über die Lippen fuhr, schmeckte ich Salz und Blut. Noch halb dem Alptraum verhaftet, spann ich den Plan, Dallisa nachzugeben, sie auf irgendeine Weise zu überrumpeln, sie plötzlich niederzuschlagen und zu entfliehen. Schließlich war ich ebensowenig an den Ehrenkodex Wolfs gebunden. Unkonzentriert versuchte ich die richtigen Worte zu finden.

Ein Atemzug rettete mich. Ein verhaltener, erleichterter Atemzug, der zeigte, daß sie etwas erwartete. Schon wieder ein Trick. Ich schwankte, war nicht ganz bei Sinnen. In diesem Augenblick war ich nicht mehr Race Cargill. Ich war ein toter Mann in Ketten, der hin und her schwang, während zerzauste Geier an seinen baumelnden Füßen pickten. Ich war ...

Das Geräusch von Stiefeln erklang auf dem Steinfußboden. Dann vernahm ich Kyrals Stimme, die zu jemandem in meiner Nähe sagte: »Was hast du mit ihm angestellt?«

Sie antwortete zwar nicht, aber ich konnte das Klirren ihrer Kette hören, deswegen wußte ich, welche Handbewegung sie gemacht hatte. Kyral sagte leise und bitter: »Frauen sind nun einmal keine Foltergenies, es sei denn ...« Seine Stimme verblaßte, als sei er weit von mir entfernt. Ihre Worte kamen zu mir herüber wie ein Klirren im Wind, wie das Heulen eines verlorenen Haufens, der auf den schneebedeckten Bergpässen seinem Ende entgegensah.

»Sprich schon, du Narr, er kann dich jetzt nicht mehr hören.«

»Wenn er dabei das Bewußtsein verliert, bist du zu plump vorgegangen!«

»Ausgerechnet *du* redest von Plumpheit?« Dallisas Stimme war voller Wut und überlagerte sogar das schreckliche Klingeln in meinem Kopf. »Vielleicht lasse ich ihn frei, damit er Rakhal aufspürt, wenn du es schon nicht kannst. Die Terraner haben ebenfalls einen Preis auf Rakhals Kopf ausgesetzt. Und dieser Mann wird sich zumindest nicht mit seinem eigenen Opfer verwechseln!«

»Wenn du glaubst, ich würde zulassen, daß du mit einem Terraner einen Handel eingehst ...«

Dallisa schrie leidenschaftlich: »Du handelst doch selber mit ihnen! Wie willst du mich unter diesen Umständen davon abhalten?«

»Ich handle mit ihnen, weil ich muß. Aber wenn es um eine Sache geht, die die Ehre des Großen Hauses betrifft ...«

»Du hättest die Stufen des Großen Hauses ohne Rakhal niemals betreten!« Dallisa klang, als würde sie jetzt einzelne Worte in kleine Fetzen zerbeißen und Kyral ins Gesicht spucken. »Oh, es war klug von dir, uns beide zu deinen Gefährtinnen zu machen! Du wußtest nicht, daß Rakhal dahintersteckte, wie? Dann hasse die Terraner doch!« Sie spie ihm eine Obszönität entgegen. »Genieße deinen Haß, wate darin – bis die ganze Stadt dem Spielzeugmacher zum Opfer fällt, wie Miellyn.«

»Wenn du diesen Namen noch einmal aussprichst«, sagte Kyral gefährlich leise, »bringe ich dich um.«

»Wie Miellyn, Miellyn, Miellyn«, wiederholte Dallisa furchtlos. »Rakhal hat nichts von ihr gewußt, du Narr.«

»Man hat gesehen, wie ...«

»Mit *mir* hat man ihn gesehen, mit *mir*! Kannst du einen Zwilling nicht vom anderen unterscheiden? Rakhal kam zu mir, um nach Nachrichten zu fragen, die sie betrafen!«

Wie jemand, der große Qualen auszustehen hat, schrie Kyral heiser auf. »Warum hast du mir das nicht erzählt?«

»Diese Frage brauche ich dir doch wohl nicht zu beantworten, Kyral, oder?«

»Du Dreckstück!« sagte Kyral. »Du dreckiges Weib!« Ich hörte das Geräusch eines Schlages. Im nächsten Moment riß mir Kyral die Augenbinde vom Gesicht. Ich blickte in eine flammende Helligkeit hinein. Meine Arme waren nun zwar gänzlich taub, aber seine Berührung verschaffte mir einen neuen Schmerz. Kyrals Gesicht schien von wahrem Höllenfeuer umgeben zu sein. »Wenn das stimmt, ist dies hier eine verdammte Farce, Dallisa. Dann hast du unsere Chance, zu erfahren, was er über Miellyn weiß, verspielt.«

»Was *er* weiß?« Dallisa nahm die Hand von ihrem Gesicht. Dort, wo Kyral sie geschlagen hatte, bildete sich ein blauer Fleck.

»Miellyn hat sich zweimal gezeigt, während ich mit ihm zusammen war. Binde ihn los, Dallisa, dann mach dein Geschäft mit ihm. Das, was wir über Rakhal wissen, gegen das, was er von Miellyn weiß.«

»Wenn du glaubst, ich würde zulassen, daß du mit einem Terraner Geschäfte machst«, äffte sie ihn nach. »Ich bestimme hier, du Schwächling! Wenn du mir nichts sagst, werden es die Männer deiner Karawane tun, du Narr! *Wo steckt Cuinn?*«

Kyral lachte. Er war eine Million Kilometer entfernt. »Du hast dich auf den Falschen verlassen, Dallisa. Die Katzenmenschen haben ihn umgebracht.« Er zückte seinen Skean und kletterte auf eine Bank. Er war nun nicht mehr weit von meinen Handfesseln entfernt. »Wollen Sie mit mir einen Handel abschließen, Rascar?«

Da ich unfähig war, auch nur ein Wort zu sprechen, hustete ich nur. Kyral wiederholte: »Wollen Sie mit mir einen Handel abschließen? Wollen Sie die Farce dieses verdammten Weibes beenden, die jedem Shegrine nur wie ein Hohn erscheinen muß?«

Die Sonnenstrahlen sagten mir, daß der Tag noch nicht zu Ende war. Schließlich fand ich einen Teil meiner Stimme wieder, aber was ich gesagt hatte, wußte ich erst, als die Worte aus mir heraus waren: »Diese Sache geht nur Dallisa und mich etwas an.«

Mit aufsteigender Wut sah Kyral mich an. Mit vier langen Schritten war er aus dem Raum, schrie uns mit wilder und heiserer Stimme »Ich hoffe, ihr bringt euch gegenseitig um!« zu und warf krachend die Tür ins Schloß.

Dallisas Gesicht war in rote Farbe getaucht, und wie am Anfang wußte ich, daß die Schlacht zwischen uns eröffnet war und ich bis zum bitteren Ende würde durchstehen müssen. Sie berührte zaghaft meine Brust, aber die Berührung genügte schon, um unerträgliche Schmerzen durch meine Schulterpartie zu jagen.

»Haben Sie Cuinn umgebracht?«

Müde fragte ich mich, was dies zu bedeuten hatte.

»Haben Sie ihn umgebracht?« Dann schrie sie leidenschaftlich: »Antworten Sie! Haben Sie ihn umgebracht?« Sie schlug hart auf mich ein. War ihre Berührung schon schmerzhaft gewesen, so war dieser Schlag brennende Agonie. Ich wurde ohnmächtig.

»Antworten Sie!« Erneut schlug sie zu. Ein weißer Blitz ließ mich wieder erwachen. »Antworten Sie! Antworten Sie!« Jeder ihrer Aufschreie wurde von einem Schlag begleitet, und schließlich keuchte ich: »Er gab ... Zeichen ... Hetzte uns die Katzenmenschen ... auf den Hals ...«

»Nein!« Sie stand da und starrte mich an, und ihr weißes Gesicht war wie eine Totenmaske, in der nur noch die Augen lebten. Sie stieß einen wilden Schrei aus, der sofort den weißen Chak auf den Plan rief.

»Schneide ihn ab! Schneide ihn ab! Schneide ihn ab!«

Eine Messerklinge zerfetzte das Seil, und ich sackte zusammen und knallte hart zu Boden. Die Hände waren noch immer über meinem Kopf zusammengebunden. Der Chak durchtrennte die mich haltenden Kordeln, legte meine Arme dorthin, wo sie hingehörten, und ich stöhnte vor Schmerzen, als das Blut in meinen geschwollenen Handgelenken wieder zu zirkulieren begann.

Und dann verlor ich das Bewußtsein. Diesmal mehr oder weniger permanent.

9

Als ich wieder zu mir kam, lag ich mit dem Kopf auf Dallisas Schoß. Die rötliche Farbe der Dämmerung erfüllte das Zimmer. Ich spürte die weichen Formen ihrer Schenkel unter mir und fragte mich, ob ich mich ihr im Delirium ergeben hatte. »Die Sonne . . .«, murmelte ich. »Noch nicht untergegangen . . .«

Sie beugte ihr Gesicht über mich und flüsterte: »Ruhig, ruhig.«

Ich war im Himmel und schwebte wieder davon. Eine Weile später spürte ich, wie jemand einen Becher an meine Lippen drückte.

»Können Sie das schlucken?«

Ich konnte es. Ich tat es. Ich konnte den Geschmack zwar noch nicht definieren, aber das Getränk war kalt und feucht, und es fühlte sich himmlisch an, wie es durch meine Kehle lief. Sie beugte sich über mich, sah mir in die Augen, und ich kam mir vor, als fiele ich in die rötlichen, stürmischen Tiefen hinein. Sie legte sanft einen Finger auf meinen vernarbten Mund. Plötzlich klärte sich mein Kopf. Ich richtete mich auf.

»Ist das ein Trick, der mich zwingen soll, meine Niederlage zuzugeben?«

Sie zuckte zusammen, als hätte ich sie geschlagen, dann

huschte der Anflug eines Lächelns über ihren roten Mund. Ja, es herrschte Kampf zwischen uns. »Möglicherweise haben Sie wirklich das Recht, mißtrauisch zu sein«, sagte sie. »Aber wenn ich Ihnen erzähle, was ich über Rakhal weiß – werden Sie mir dann vertrauen?«

Ich sah sie offen an und sagte: »Nein.«

Überraschenderweise warf sie den Kopf zurück und lachte. Ich bewegte vorsichtig meine Handgelenke. Die Haut war abgescheuert und wund, und meine Arme schmerzten bis zum Knochen. Wenn ich mich bewegte, schienen mich schmerzhafte Lanzen zu durchbohren.

»Nun – bis Sonnenuntergang habe ich kein Recht, Sie um Vertrauen zu bitten«, sagte Dallisa, nachdem ihr Gelächter geendet hatte. »Und da Sie meinem Befehl unterstehen, bis der letzte Strahl erloschen ist, befehle ich, daß Sie den Kopf wieder auf meinen Schoß legen.«

»Ich kann mich auch selber auf den Arm nehmen«, sagte ich in einem Anfall von Ärger.

»Ist das nicht mein Vorrecht? Sie lehnen ab?«

»Ob ich ablehne?« Die Sonne war noch nicht untergegangen. Sah ich nun einer Marter entgegen, die noch schlimmer war als die, die ich bereits über mich hatte ergehen lassen? Das rote Glitzern ihrer Augen erweckte in mir das Gefühl, daß sie mit mir spielte – wie ein Katzenwesen aus den Bergen mit seinem hilflosen Opfer. Ich verzog den Mund zu einer unwilligen Grimasse, dann senkte ich gehorsam den Kopf und ließ ihn auf ihre pelzbekleideten Knie fallen.

Mit einem Lächeln murmelte sie: »Ist es denn so unerträglich?«

Ich schwieg. Niemals – nicht einen Augenblick lang – konnte ich vergessen, daß Dallisas Rasse schon alt und im Abstieg begriffen gewesen war, als sich das Terranische Imperium über sein Heimatsystem hinaus ausbreitete. Auch wenn Dallisa einen menschlichen – und femininen –

Eindruck machte: der auf Wolf herrschende Geist hatte sich schon vor Anbeginn der Zeitrechnung mit dem Bewußtsein der Nichtmenschlichen vermischt. Außenstehende wie ich konnten diesen Geist nicht erfassen. Ich war zwar besser ausgerüstet als die meisten Erdenmenschen, denn ich konnte wenigstens oberflächlich mit ihm Schritt halten, aber seine tiefgründigen Motivationen blieben selbst mir verborgen.

Der Geist eines Wolf-Bewohners folgt einer komplexen und irrationalen Logik. Ein integraler Bestandteil dieses Geistes ist die Boshaftigkeit. Selbst die tödliche Blutfehde mit Rakhal hatte mit einem sorgfältig ausgeklügelten, handgreiflichen Scherz begonnen, der den Geheimdienst mehrere tausend Kredite an Raumschiffswert gekostet hatte.

Deswegen konnte ich Dallisa nicht einen Augenblick lang trauen. Aber andererseits war es herrlich, so dazuliegen und meinen Kopf auf ihrem parfümierten, weichen Körper auszuruhen.

Und dann umschlangen mich plötzlich wild und hungrig ihre Arme. Was ihre Stimme bis jetzt unterdrückt hatte, kam hervor. Ihre Augen flammten heiß und begierig. Sie preßte ihren Leib, ihre Brüste, Hüften und langen Beine an mich und sagte mit heiserer Stimme: »Siehst du das auch als Folter an?«

Unter ihrem Pelzgewand war sie anschmiegsam und weiß, und der zarte Duft ihres Haars schien mir eine größere Verführung zu sein als jede andere. So zerbrechlich sie auch wirkte, ihre Arme waren stärker als Eisen. In meinen verstauchten Schultern flammte ein Schmerz auf, der sich in die Handgelenke fortsetzte. Dann vergaß ich die Pein.

Als ich irgendwann über ihre Schulter sah, hauchte die rote Sonne ihr Leben aus und überschüttete den Raum mit orchideenfarbenem Zwielicht.

Ich packte ihre Handgelenke, zwang sie zurück, zog ihr die Arme über den Kopf und sagte mit belegter Stimme: »Die Sonne ist untergegangen.« Dann verschloß ich ihren wilden Mund mit dem meinen.

Und ich wußte, daß die Schlacht zwischen uns gleichzeitig ihren Höhepunkt erreicht und mit einem Sieg geendet hatte – und daß jede Frage nach dem Gewinner nur noch rein intellektueller Natur sein konnte.

Irgendwann während der Nacht, als ihr dunkler Kopf reglos auf meiner Schulter lag, war ich wieder wach und starrte in die Dunkelheit. Das Pochen meiner Verletzungen hatte wenig mit meiner Schlaflosigkeit zu tun: Ich erinnerte mich an jene gefesselten Mädchen, denen ich in früheren Tagen in den Trockenstädten begegnet war. Ihre gesamte Süße und Verderbtheit schien sich in Dallisas Küssen wiederzufinden. Ihr Kopf lag sehr leicht auf meiner Schulter, und sie fühlte sich äußerst leicht an, als sei sie aus Federn gemacht.

Durch die Fensterschlitze wurde einer der winzigen Monde sichtbar. Ich dachte an meine Wohnung in der terranischen Handelsstadt. Sie war sauber, aufgeräumt und gemütlich, aber in den Nächten war ich in den Korridoren auf und ab gegangen, hatte mich gehaßt, hatte vor Verbitterung mit den Zähnen geknirscht und mich nach den windigen, im Sternenlicht liegenden Trockenstädten mit ihrem Salzgeruch und dem rhythmischen Geklimper der Ketten gesehnt, das stets ertönte, wenn sich irgendwo eine Frau bewegte.

Plötzlich wurde mir schmerzhaft bewußt, daß ich Juli, das ihr gegebene Versprechen und das Mißgeschick, das mich wieder der Freiheit ausgesetzt hatte, beinahe vergaß.

Trotzdem – ich hatte gesiegt, und was die Herren des Großen Hauses über Rakhal wußten, verringerte meine planetenweite Suche auf einen Steckennadelkopf. Rakhal hielt sich in Charin auf.

Ich war nicht völlig überrascht. Abgesehen von der Kharsa ist Charin die einzige Stadt auf Wolf, wo das Terranische Imperium tiefe Wurzeln in den Planeten geschlagen hat. Dort gibt es ebenfalls eine Handelsstadt – und einen kleinen Raumhafen. Und wie in der Kharsa gilt auch in Charin – trotz der weiten Entfernung von der Erde – terranisches Gesetz.

Als nichtmenschliche Stadt, bewohnt hauptsächlich von Chaks, bildete Charin den Kern und das Zentrum der Widerstandsbewegung. In Charin gärte es unablässig. Es war nur logisch, daß ein Abtrünniger sich dort aufhielt.

Ich brachte mich in eine Position, in der meine Schultern am wenigsten schmerzten, und murmelte: »Aber warum ist er in Charin?«

So leise meine Bewegung auch gewesen war, sie hatte Dallisa aufgeweckt. Sie rollte sich auf den Bauch, stützte sich auf die Ellenbogen und zitierte schläfrig: »Der sicherste Platz für ein Beutetier ist an des Jägers Tür.«

Ich starrte das Viereck aus violettem Mondlicht an und versuchte, die einzelnen Stücke des Puzzles zusammenzubringen. Halblaut fragte ich: »Um welche Beute geht es? Und wer sind die Jäger?«

Dallisa antwortete nicht. Ich hatte es auch nicht erwartet. Dann stellte ich die Frage, die meinen Geist am meisten beschäftigte: »Wieso haßt Kyral Rakhal Sensar, wenn er ihn noch nie zu Gesicht bekommen hat?«

»Er hat seine Gründe«, sagte Dallisa ernst. »Einer davon betrifft Miellyn, meine Zwillingsschwester. Kyral überwand die Stufen des Großen Hauses, indem er uns beide als Gefährtinnen beanspruchte. Er ist der Sohn unseres Vaters, hat aber eine andere Mutter.«

Das erklärte vieles. Eheschließungen zwischen Geschwistern, die in den Trockenstädten nicht ungewöhnlich sind, basieren auf Zweckmäßigkeit und Mißtrauen. Meistens, aber nicht immer, kommt es ohne Liebe zu derlei

Verbindungen. Es erklärte Dallisas Häme und teilweise – aber wirklich nur teilweise – auch den Grund, aus dem sie in meinen Armen gelegen hatte. Was es nicht erklärte, war Rakhals Anteil an dieser rätselhaften Intrige, und es machte auch nicht plausibel, warum Kyral mich für Rakhal gehalten hatte – und das erst, nachdem ihm eingefallen war, wie ich in terranischer Kleidung aussah.

Ich fragte mich, warum ich nicht früher auf den Gedanken gekommen war, man könne mich mit Rakhal verwechseln. Wir glichen uns zwar nicht sonderlich, aber eine ungenaue Beschreibung konnte ebenso auf ihn wie auf mich passen. Meine Größe ist für terranische Verhältnisse ungewöhnlich, und ich war kaum zwei Zentimeter kleiner als Rakhal, aber wir hatten ungefähr die gleiche Gestalt und Hautfarbe. Und seit wir als Jungen zusammengewesen waren, hatte ich seinen Gang und seine Gesten nachgeahmt.

Was allerdings unsere individuellen Gesichtszüge vereinheitlichte, waren die *Kifirgh*-Narben an Mund, Wangen und Schultern. Jeder, der uns nicht persönlich kannte, jeder, der in den Tagen, als wir noch zusammengearbeitet hatten, lediglich von uns gehört hatte, konnte uns leicht miteinander verwechseln. Sogar Juli hatte ausgerufen: »Du bist fast wie ...«, bevor sie wieder einen klaren Kopf bekam.

Weitere Puzzleteile bauten sich vor meinem inneren Auge auf, aber sie weigerten sich hartnäckig, sich in ein Muster einpassen zu lassen: das Verschwinden des Spielzeughändlers, Julis hysterisches Gerede; die Art und Weise, in der das Mädchen – Miellyn? – in Nebrans Schrein verschwunden war. Dazu kamen noch die Andeutungen des alten Mannes und Dallisas über den geheimnisvollen »Spielzeugmacher«. Und noch etwas, woran ich mich nur am Rande erinnerte: der unheimliche Handel in der Stadt der Schweigenden. Ich wußte, irgendwie mußten all diese Dinge zusammenpassen, aber ich konnte mir kaum vorstellen, daß Dallisa in der Lage war, das Muster für mich zu komplettieren.

Mit einer Vehemenz, die mich überraschte, sagte sie: »Miellyn stellt nur ein Alibi dar! Kyral haßt Rakhal, weil Rakhal Kompromisse schließt, er jedoch kämpfen will!«

Sie rollte zu mir herüber und drückte sich in der Dunkelheit an mich. Ihre Stimme zitterte: »Race, unsere Welt liegt im Sterben. Wir können Terra nicht die Stirn bieten. Aber da sind noch andere Dinge, schlimmere Dinge.«

Ich setzte mich hin und mußte überrascht feststellen, daß ich die Erde gegenüber diesem Mädchen verteidigte. Da war ich nun nach langen Jahren wieder in meine eigene Welt zurückgekehrt, und trotzdem hörte ich mich mit leiser Stimme sagen: »Die Terraner beuten Wolf nicht aus. Wir haben das Gesetz von Shainsa nicht verletzt. Wir haben nicht einmal etwas verändert.«

Und es stimmte. Terra war durch Wolf mit Verträgen verbunden – nicht durch Eroberung. Das Imperium zahlte – und es zahlte großzügig – für das gepachtete Land, auf dem die Handelsstädte entstanden waren. Und man überschritt die Grenzen nur dort, wo man dazu aufgefordert wurde.

»Wir gestehen allen Städten und Staaten, die ihre Unabhängigkeit bewahren wollen, zu, sich bis zu ihrem Zusammenbruch selbst zu regieren, Dallisa. Und nach ungefähr einer Generation kommt es dann zum Zusammenbruch. Nur wenige rückständige Planeten können gegen uns standhalten. Die Menschen selbst werden es leid, unter feudalen oder theokratischen Systemen zu leben. Sie bitten darum, in das Imperium aufgenommen zu werden. Das ist alles.«

»Aber das ist es ja gerade«, konterte Dallisa. »Ihr gebt den Menschen alles, was sie früher von uns bekommen haben; aber ihr macht es besser. Allein durch euer Hiersein bringt ihr die Trockenstädte um. Die Menschen wenden sich von uns ab und laufen zu euch über. Und ihr laßt das zu.«

Ich schüttelte den Kopf. »Wir haben seit Jahrhunderten keinen Krieg mehr geführt. Was erwartet ihr? Daß wir euch Schießeisen, Flugzeuge und Bomben geben, damit ihr euch eurer Sklaven erwehren könnt?«

»Ja!« Ihre Augen sprühten Blitze. »Die Trockenstädte haben Wolf beherrscht, seit ... seit ... Du kannst dir nicht einmal vorstellen, wie lange! Wir haben mit euch einen Vertrag geschlossen, der euch den Handel erlaubt ...«

»Während wir euch damit belohnen, daß wir euch ungeschoren lassen«, sagte ich ruhig. »Aber wir haben den Trockenstädten nicht untersagt, sich dem Imperium anzuschließen und mit Terra zusammenzuarbeiten.«

»Männer wie Kyral würden lieber sterben«, sagte sie verbittert und drückte hilflos das Gesicht an meine Brust. »Und ich werde mit ihnen zusammen sterben. Miellyn hat sich von uns losgesagt, aber ich kann es nicht. Dazu fehlt mir der Mut. Unsere Welt ist morsch, Race, durch und durch morsch, und in dieser Beziehung gleiche ich ihr. Ich hätte dich heute umbringen können, aber jetzt bin ich hier, in deinen Armen. Unsere Welt ist morsch, und ich bin nicht davon überzeugt, daß die neue besser werden wird!«

Ich legte ihr meine Hand unters Kinn und schaute ihr ernst in die Augen. Ihr Gesicht war nur ein blasses Oval in der Finsternis. Es gab nichts, was ich hätte sagen können, denn sie hatte schon alles gesagt, und es war die Wahrheit. Ich hatte mich in Selbsthaß nach diesem Leben verzehrt, und jetzt, wo ich es wieder lebte, wurde es auf meinen Lippen zu Salz und Blut, wie Dallisas hungrige Küsse. Sie berührte mein narbiges Gesicht sanft mit den Fingern. Dann packten ihre kleinen, dünnen Hände meine Gelenke mit einer solchen Wildheit, daß ich protestierend aufstöhnte.

»Du wirst mich nicht vergessen«, sagte sie mit ihrer seltsam singenden Stimme. »Auch wenn du siegreich warst –

du wirst mich nicht vergessen.« Sie drehte sich auf den Rücken und schaute zu mir auf. Ihre Augen glühten schwach in der Dunkelheit. Ich wußte, sie konnte mich so deutlich sehen, als sei es Tag. »Ich glaube, daß ich gewonnen habe – nicht du, Race Cargill.«

Sanft – einem Impuls folgend, den ich nicht zu erklären vermochte – nahm ich eines ihrer zierlichen Handgelenke und dann das andere. Als ich ihre mit schweren Juwelen verzierten Armreifen öffnete, stieß sie einen erschreckten Schrei aus. Dann schleuderte ich die Ketten in eine Ecke, riß sie wild in meine Arme und zwang ihren Kopf mit meinen Lippen nach hinten.

Auf dem weiträumigen, vom Wind umspielten Platz vor dem Großen Haus verabschiedete ich mich von ihr. Wir waren allein. Dallisa preßte den Kopf gegen meine Schulter und flüsterte: »Nimm mich mit, Race.«

Anstelle einer Antwort nahm ich ihre schlanken Hände in die meinen. Die juwelengespickten Armreifen umschlossen nun wieder ihre dünnen Gelenke. Irgendwie hatte sie die Kette verkürzt, so daß sie jetzt nicht einmal mehr die Arme um meinen Hals legen konnte. Ich hob ihre Gelenke an meine Lippen und küßte sie sanft.

»In Wirklichkeit willst du doch gar nicht von hier fort, Dallisa.«

Sie tat mir unendlich leid. Sie würde mit ihrer sterbenden Welt untergehen – stolz und kalt, denn in der neuen Welt gab es keinen Platz für sie. Sie küßte mich, und ich schmeckte Blut. Ihr schlanker, gefesselter Leib drückte sich wild an mich. Sie wurde von Tränen geschüttelt und schluchzte haltlos. Dann drehte sie sich um und floh in den Schatten des großen, dunklen Hauses zurück.

Ich sah sie nie wieder.

10

Ein paar Tage später näherte ich mich dem Ende meiner Reise.

In Charin herrschte Zwielicht. Die Stadt war heiß und stank nach der ätzenden Glut der Feuer, die am Ende der Straße der sechs Schäfer vor sich hin qualmten. Ich verkroch mich in den Schatten einer Mauer und wartete ab.

Da ich tagelang nicht dazu gekommen war, mein schmutziges Hemd zu wechseln, kribbelte meine Haut überall. Aber Schäbigkeit hat in nichtmenschlichen Gegenden manchmal etwas für sich, und was die Trockenstädter angeht, so ist Wasser für sie eh zu kostbar, um es zum Zwecke der Körperpflege zu vergeuden. Ich kratzte mich ausgiebig und beobachtete vorsichtig die Straße.

Abgesehen von ein paar verwahrlost aussehenden Trunkenbolden, die in den Torwegen herumlungerten, schien sie leer zu sein. Die Straße der sechs Schäfer ist ein schmutziger Slum, deswegen achtete ich darauf, daß mein Skean locker saß. Charin ist eine Stadt, in der keine allzu große Sicherheit herrscht, nicht einmal für Trockenstädter – und von Erdenmenschen ganz zu schweigen.

Selbst nach dem, was ich von Dallisa erfahren hatte, erwies sich die Suche nicht als einfach. Charin ist nicht mit Shainsa zu vergleichen. In Charin, wo Menschen und Nichtmenschen enger zusammenleben als anderswo auf Wolf, kann man zwar Informationen über Leute wie Rakhal käuflich erwerben, aber dennoch hat man sich als Käufer vorsichtig zu bewegen. Und das ist auch in Ordnung so, da das Leben des Verkäufers nach Abschluß eines Handels ebenfalls keinen sehr hohen Wert mehr hat.

Ein schmutziger Wind voller Staubteilchen wehte durch die Straße und brachte allerlei schwere und seltsame Gerüche mit sich. Ich konnte das ätzende Aroma von geweihtem Wasser aus dem nächsten Straßenschrein riechen, was dazu führte, daß ich eine Gänsehaut bekam. In den sich hinter Charin erhebenden Hügeln kam der Geisterwind auf.

Von diesem Wind getragen, würden die Ya-Männer aus dem Gebirge herabfluten und alles Menschliche und Halbmenschliche, das sich ihnen in den Weg stellte, auseinandertreiben. Sie würden während der Nacht durch das Viertel toben und sich am nächsten Morgen auflösen – bis der Geisterwind wieder zu blasen anfing. Unter normalen Umständen hätte ich mir schon eine Bleibe gesucht. Nun stellte ich mir vor, daß ich sie hören konnte, wie sie, vom Wind getragen, in der Ferne kläfften und dann durch die Straßen jagten – gefiederte, klauenbewehrte Gestalten.

In diesem Moment zerriß die über der Straße liegende Stille.

Von irgendwoher drang der Schrei eines Mädchens an mein Ohr, das entweder schreckliche Schmerzen litt oder in Panik geraten war. Dann sah ich es. Es duckte sich zwischen zwei glänzenden Kieselhäuschen. Ein Kind, mager und barfüßig. Sein langes schwarzes Haar wirbelte, als es rennend vor einem heruntergekommenen Burschen floh, der sich an seine Fersen geheftet hatte. Er streckte eine Pranke aus und versuchte ihr mageres Handgelenk zu pakken.

Das Mädchen schrie auf, riß sich los, kam geradewegs auf mich zu und schlang mit der Heftigkeit eines Sturmwindes beide Arme um meinen Hals. Plötzlich hatte ich Haare im Mund. Kleine Hände zerrten wie die Krallen einer Katze an meinem Nacken.

»Bitte, hilf mir«, keuchte sie zwischen zwei Schluchzern. »Er darf mich nicht kriegen! Er darf nicht!« Aber selbst diese wenigen Worte genügten, um mich erkennen zu lassen, daß die kleine Göre nicht den Slumjargon, sondern die reine Sprache von Shainsa sprach.

Was ich dann tat, geschah rein automatisch, als ginge es

um Juli. Ich löste das Kind von mir, schob es hinter mich und musterte den auf uns zukommenden Strolch mit einem finsteren Blick.

»Mach dich dünn«, riet ich ihm. »Dort, wo ich herkomme, belästigt man keine kleinen Mädchen. Sieh zu, daß du verschwindest.«

Der Mann schwankte. Als er eine haarige Pranke nach dem Mädchen ausstreckte, roch ich den Gestank seiner Lumpen. Ich bin nie ein Held gewesen, aber jetzt hatte ich etwas angefangen, das ich auch bis zum Ende durchstehen mußte. Ich warf mich zwischen ihn und das Mädchen und legte eine Hand auf meinen Skean.

»Du ... du ... Trockenstädter.« Die Stimme des Mannes war ein betrunkenes Heulen, und ich hielt die Luft an. Jetzt steckte ich drin. Wenn es mir nicht verdammt schnell gelang, hier wegzukommen, würde ich alles verlieren, was ich in Charin zu finden hoffte.

Ich dachte daran, dem Strolch das Kind auszuliefern. Es war nicht auszuschließen, daß er der Vater des Mädchens war und sie eine Tracht Prügel verdient hatte. Ich hatte mich in Dinge gemischt, die mich nichts angingen. Was mich wirklich anging, lag am Ende der Straße, wo Rakhal an den Feuern wartete. Er würde nicht lange dort bleiben. Schon jetzt war der Geruch des Geisterwindes unverkennbar. Kleine Sandböen jagten über die Straße und brachten die Fensterläden zum Klappern.

Aber ich war einer solchen Tat nicht fähig. Der große Kerl versuchte das Mädchen erneut zu packen. Ich riß meinen Skean heraus und hielt ihn ihm entgegen.

»Hau ab!«

»Trockenstädter!« Er spuckte das Wort wie ein Stück Dreck aus. Seine Schweinsäuglein wurden zu kleinen Schlitzen. »Sohn eines Affen! *Erdenmensch!*«

»Terraner!« Irgend jemand nahm seinen Ruf auf. Überall begann sich Leben zu rühren. Es raschelte. Die Straße,

die mir zuvor leer erschienen war, wimmelte plötzlich von schattenhaften Umrissen, die aus dem Nichts zu kommen schienen. Menschliche und nichtmenschliche Gestalten.

»Greif ihn dir, Spilkar! Jage ihn aus der Stadt!«

»Erdenmensch!«

Ich spürte, daß sich meine Bauchmuskeln zu einem eisigen Band verknoteten. Ich konnte mir nicht vorstellen, daß ich mich irgendwie als Erdenmensch zu erkennen gegeben hatte. Der Strolch bediente sich lediglich der zeitsparenden Taktik, in aller Schnelle einen Menschenauflauf zu inszenieren. Und da ich ihn durchschaute, sah ich mich schnell um und suchte nach einem Fluchtweg.

»Steck ihm deinen Skean zwischen die Rippen, Spilkar! Pack ihn dir!«

»Hai-ai! Erdenmensch! *Hai-ai!*«

Der letzte Schrei brachte mich in Panik. Durch das feurige Glühen am Ende der Straße konnte ich die gefiederten und mit Klauen versehenen Gestalten der Ya-Männer erkennen, die gerade die Rauchsäulen durchstießen. Die Menge zerstreute sich.

Ich hielt mich nicht mehr damit auf, über die plötzlich ganz offen vor mir liegende Tatsache nachzudenken, daß Rakhal sich gar nicht bei den Feuern aufgehalten haben konnte und mein Informant mich in eine Falle gelockt hatte – in ein Ya-Männer-Nest, das sich mitten in der Stadt befand. Die Menge wich zurück und redete durcheinander. Unerwartet traf ich meine Wahl: Ich wirbelte herum, riß das Mädchen in meine Arme und rannte geradewegs auf die näher kommenden Gestalten der Ya-Männer zu.

Niemand folgte mir. Ich hörte sogar einen erstickten Schrei, der nach einer Warnung klang. Das kläffende Gebell der Ya-Männer wurde zu einem wilden Heulen, und buchstäblich in letzter Sekunde, als ihre hart raschelnden

Federkleider nur noch wenige Meter von mir entfernt waren, tauchte ich seitlich in einer Gasse unter, stolperte über irgendwelchen Unrat und setzte das Mädchen ab.

»Lauf, Kind!«

Sie schüttelte sich wie eine kleine Katze, die man ins Wasser geworfen hat, dann schlossen sich kleine Finger wie eine eiserne Spange um mein Handgelenk. »Hier entlang«, drängte sie mit einem hastigen Flüstern. Und dann bemerkte ich, daß wir uns am anderen Gassenende im Inneren eines Straßenschreins befanden. Der saure Geruch des geweihten Wassers reizte meine Schleimhäute. Ich hörte, wie die Ya-Männer kläffend draußen herumjagten und die Gasse durchkämmten. Ihre kalten, gemeinen Augen suchten nach der Nische, in der ich mich mit dem Mädchen verkrochen hatte.

»Hier«, sagte sie keuchend, »stell dich ganz dicht neben mich. Auf den Stein ...« Ich wich erschreckt zurück.

»Wir haben jetzt keine Zeit«, flehte das Mädchen. »Keine Zeit zum Reden. Bitte, *komm her!*«

»*Hai-ai!* Erdenmensch! Da ist er!«

Wieder umschlangen mich die Arme des Mädchens. Ich spürte, wie ihr schmaler, knochiger Leib sich an mich drückte, und dann riß sie mich im wahrsten Sinne des Wortes zu dem Steinmuster im Mittelpunkt des Schreins hin. Ich wäre kein Mensch gewesen, hätte ich jetzt noch etwas verstanden.

Die Welt drehte sich. Die Straße löste sich in einem Reigen wirbelnder Lichter auf. Die Sterne tanzten, als seien sie aus ihren Bahnen geraten, ich fiel durch ein sich weitendes Loch aus leerem Raum, während das Mädchen mich in den Armen hielt. Ich fiel, drehte mich um die eigene Achse und stürzte Hals über Kopf durch kippende Lichter und Schatten, die uns durch Ewigkeiten des freien Falls warfen. Das Gekläff der Ya-Männer verlor sich in unermeßlichen Fernen, und einen Moment lang verspürte ich den gnadenlosen Blackout einer mächtigen Antriebskraft. Das Blut schoß mir nicht nur aus der Nase, sondern füllte auch meinen Mund.

11

Meine Augen wurden von Lichtern geblendet.

Ich stand mit beiden Beinen auf dem festen Boden des Straßenschreins, aber die Straße war verschwunden. Weihrauchfäden hingen immer noch in der Luft. Der Gott hockte krötengleich in seiner Nische. Das Mädchen war in meinen Armen erschlafft. Als ich mir des Bodens unter meinen Füßen bewußt wurde, fing ich an zu taumeln. Das Gewicht des Mädchens, das ich einige Zeit nicht gespürt hatte, ließ mich blind nach einem Halt tasten.

»Gib sie mir«, sagte eine Stimme. Und dann nahm man mir den zusammensackenden Körper aus den Armen. Eine kräftige Hand packte meinen Ellbogen. Dann ertasteten meine Kniegelenke eine Sitzgelegenheit, auf die ich mich dankbar niedersinken ließ.

»Transmissionen zwischen zwei derart weit voneinander entfernten Stationen gehen nicht so einfach vonstatten«, bemerkte die Stimme. »Wie ich sehe, ist Miellyn schon wieder ohnmächtig geworden. Ein schwächliches Mädchen, aber so nützlich.«

Ich spuckte Blut und versuchte den Brennpunkt des Raumes zu erkennen. Denn im Inneren eines Raumes hielt ich mich auf, auch wenn er aus einer lichtdurchlässigen Substanz zu bestehen schien und fensterlos war. Hoch über mir befand sich ein Oberlicht, durch das rosafarbene Lichtstrahlen fielen. Tageslicht – und in Charin war es Mitternacht gewesen! Ich hatte mich in wenigen Sekunden um den halben Planeten herumbewegt!

Von irgendwoher kam ein hämmerndes Geräusch. Es war kaum zu hören und klang wie Glockengeläut – oder ein Amboß in einem Märchen. Ich schaute auf und sah einen Mann, der mich beobachtete. Einen Mann?

Auf Wolf kann man allen möglichen Arten menschlichen, halbmenschlichen und nichtmenschlichen Lebens begegnen, und ich glaube von mir sagen zu können, daß ich in jeder dieser Disziplinen ein Experte bin. Aber noch nie zuvor war mir jemand begegnet, der eine solche Menschenähnlichkeit aufwies, ohne ein Mensch zu sein. Er – oder es – war hochgewachsen und hager, hatte menschliche Form und unmenschliche Muskeln. So wie er in seiner Hagerkeit dastand, erinnerte er mich schwach an ein Wesen, das irgendwie mit einem Menschen verwandt war.

Und wie ein Mensch war er mit grünen, enganliegenden Hosen und einem gleichfarbigen Pelzhemd bekleidet, das einen gewölbten Bizeps aufwies, wo sich keiner befinden durfte. Seine Schultern waren hoch, sein Nacken gekrümmt, und sein Gesicht, das ein wenig schmaler war als das eines Menschen, wirkte anziehend und überheblich. Auf irgendeine Weise verkörperte es eine jederzeit bereite Form der Boshaftigkeit – und das war das Unmenschliche an ihm.

Er bückte sich, legte das Mädchen auf eine Art Diwan, wandte ihm den Rücken zu und hob mit einer ungeduldigen Geste, die in mir nicht nur Unbehagen erzeugte, die Hand.

Das Geklapper der kleinen Hämmer verstummte, als hätte sie jemand abgeschaltet.

»Jetzt«, sagte der Nichtmensch, »können wir reden.«

Wie das herumstreunende Kind bediente er sich der Sprache von Shainsa, und er sprach sie mit einer besseren Betonung als jeder Nichtmensch, der mir je über den Weg gelaufen war. Er beherrschte die Sprache so gut, daß ich daran zweifelte, richtig gehört zu haben. Ich war zwar nicht zu betäubt, um in der gleichen Zunge antworten zu können, aber die Fragen, dir mir auf der Seele brannten, konnte ich einfach nicht zurückhalten.

»Was ist passiert? Wer bist du? Wo bin ich hier?«

Der Nichtmensch wartete, verschränkte die Arme vor der Brust und beugte sich flüchtig nach vorne. Seine Hände waren ganz in Ordnung, wenn man nicht zu genau auf das achtete, was seine Fingernägel sein sollten.

»Sie dürfen es Miellyn nicht übelnehmen. Sie hat nur ihre Befehle ausgeführt. Es war unerläßlich, Sie heute nacht hierherzubringen, und wir hatten guten Grund anzunehmen, daß Sie einer gewöhnlichen Aufforderung nicht nachgekommen wären. Sie sind ziemlich schlau zu Werke gegangen, indem Sie sich unserer Beobachtung eine gewisse Zeit entzogen. Aber heute abend waren sicher keine zwei Trockenstädter in Charin, die es gewagt hätten, sich dem Geisterwind auszusetzen. Der Ruf, der Ihnen anhaftet, Rakhal Sensar, ist nicht übertrieben!«

Rakhal Sensar! Schon wieder Rakhal!

Erschüttert zog ich ein Taschentuch hervor und wischte mir das Blut vom Mund. In Shainsa war ich darauf gekommen, was diesen Irrtum logisch machte. Und in Charin hatte ich in Rakhals alten Schlupfwinkeln herumgelungert und war seinen alten Spuren nachgegangen. Wieder einmal hatte man mich logischerweise für ihn gehalten.

Ob es nun mit rechten Dingen zuging oder nicht – ich hatte nicht vor, denen, die sich irrten, reinen Wein einzuschenken. Wenn ich hier unter Rakhals Feinden war, mußte ich meine wahre Identität als letzten Trumpf im Ärmel behalten. Unter Umständen konnte sie mir nützlich sein, noch einmal lebend davonzukommen. Wenn ich hier unter seinen Genossen war ... Nun, dann konnte ich nur hoffen, daß niemand, der ihn näher kannte, mir auf den Pelz rückte.

»Wir wußten«, fuhr der Nichtmensch fort, »daß der Terraner Cargill Sie aufgehalten hätte, wenn Sie dort geblieben wären. Wir wissen von Ihrem Streit mit Cargill – unter anderem –, aber wir hielten es zum gegenwärtigen Zeitpunkt für unnötig, Sie in seine Hände fallen zu lassen.«

Das verwirrte mich. »Ich verstehe immer noch nicht. Wo bin ich genau?«

»Dies ist der Hohe Schrein Nebrans.«

Nebran!

Die einzelnen Stücke des Puzzles paßten plötzlich ohne Schwierigkeiten zusammen. Kyral hatte mich gewarnt, ohne es selbst zu wissen. Eilig ahmte ich die Geste nach, die er gemacht hatte, und murmelte seinen archaischen Spruch.

Wie jeder Erdenmensch, der sich über einen reinen Urlaubsaufenthalt hinaus auf Wolf aufgehalten hat, hatte ich miterlebt, wie manches Gesicht bei der Erwähnung des Namens der Krötengottheit leer und ausdruckslos geworden war. Gerüchten zufolge waren seine Spitzel überall, seine Priester allwissend und sein Zorn allmächtig. Ich hatte zehn Prozent oder weniger von dem geglaubt, was man mir bisher zugetragen hatte, denn das terranische Imperium kümmert sich so gut wie nicht um planetare Religionen. Der Nebran-Kult ist darüber hinaus von einer bemerkenswerten Obskuranz, trotz der an jeder Ecke stehenden Straßenschreine. Und jetzt befand ich mich im Hohen Schrein Nebrans – und die Vorrichtung, die mich hierhergebracht hatte, war ohne Zweifel der funktionsfähige Prototyp eines Materietransmitters.

Ein Materietransmitter – und er funktionierte. Dieser Gedanke brachte mich auf eine Spur. Auch Rakhal war hinter ihm her.

»Und mit wem«, fragte ich langsam, »habe ich die Ehre?«

Das grüngekleidete Geschöpf zog in einer zeremoniellen Geste die Schultern hoch. »Man nennt mich Evarin.

Ich bin ein demütiger Diener Nebrans.« Dann fügte er hinzu: »Ich bin auch Ihr Diener. Man nennt mich auch den Spielzeugmacher.« Mir fiel auf, daß sein Verhalten keinerlei Untertänigkeit erkennen ließ.

Evarin. Schon wieder ein Name, der von Gerüchten umgeben war. Auf dem Diebesmarkt sprach man ihn nur hinter vorgehaltener Hand aus. Man fand ihn hingekritzelt auf schmutzigem Papier. Und auf einem leeren Aktendekkel des terranischen Geheimdienstes. Und wieder fand ein Stück des Puzzles seinen richtigen Platz: *Der Spielzeugmacher!*

Das Mädchen auf dem Diwan setzte sich plötzlich aufrecht hin und fuhr sich mit seinen kleinen Händen durch das zerzauste Haar. »Bin ich ohnmächtig geworden, Evarin? Ich mußte mich zu sehr anstrengen, um ihn auf den Stein zu ziehen, und die Muster standen noch nicht in der richtigen Reihenfolge. Du mußt einen von den Kleinen schicken, damit er sich darum kümmert. Spielzeugmacher, du hörst mir gar nicht zu.«

»Hör auf zu schwätzen, Miellyn«, sagte Evarin, ohne sich aufzuregen. »Du hast ihn hergebracht, und das ist alles, was zählt. Hast du dir weh getan?«

Miellyn schmollte, warf einen kläglichen Blick auf ihre nackten, zerkratzten Füße und richtete mit fachkundigen Fingern die Falten ihres zerfetzten Kleides. »Meine armen Füße«, sagte sie dann klagend, »sie sind ganz blau und grün von den Pflastersteinen. Und mein Haar ist ganz voll Sand und verschmutzt! Spielzeugmacher, wie hast du mich so gehen lassen können? Er wäre sicher schneller gekommen, wenn ich hübscher ausgesehen hätte, aber du hast mich in Lumpen laufen lassen!«

Sie stampfte mit einem kleinen, nackten Fuß auf. Sie war nicht annähernd so jung, wie sie auf der Straße in Charin gewirkt hatte. Obwohl sie noch nicht volljährig und nach terranischem Standard körperlich etwas zurückgeblieben war, hatte sie doch die hübsche Figur einer Trokkenstädterfrau. Die Lumpen, die sie trug, fielen nun in anmutigen Falten. Ihr Haar war wie gesponnenes schwarzes Glas, und ich sah nun, was ich aufgrund ihrer Kleidung und der Verwirrung auf der schmutzigen Straße nicht bemerkt hatte. Es war das Mädchen aus dem Raumhafencafé, das Mädchen, das in den unheimlichen Straßen von Canarsa aufgetaucht und wieder verschwunden war.

Evarin begegnete ihr mit einem Verhalten, das man vom Gesichtspunkt eines Menschen her mit reuiger Ungeduld hätte bezeichnen können. »Du weißt doch selbst, daß du deinen Spaß gehabt hast, Miellyn – wie immer. Jetzt lauf und mach dich wieder hübsch, kleiner Störenfried.«

Das Mädchen tanzte hinaus. Ich verspürte ein Gefühl des Glücks. Der Spielzeugmacher winkte mir.

»Hierher«, wies er mich an und führte mich durch eine andere Tür. Als die Tür sich öffnete, erklang wieder das Gehämmer, das ich schon zuvor gehört hatte: leise Glokkenschläge wie von einem Märchenxylophon. Wir kamen in eine Werkstatt, deren Anblick in mir Erinnerungen an halbvergessene Gutenachtgeschichten von der Erde wachrief: Diejenigen, die hier arbeiteten, waren winzige, gnomenhafte Trolle.

Es waren Chaks. Chaks aus dem Polargebirge. Sie waren von zwergenhaftem Wuchs, hatten runzlige, halbmenschliche Gesichter und große, goldene Augen. Ich hatte das eigenartige Gefühl, daß ich mich nur umzusehen brauchte, um den kleinen Spielzeugverkäufer zu sehen, den man in der Kharsa gejagt hatte. Ich tat es jedoch nicht, denn ich war der Meinung, bereits tief genug in Schwierigkeiten zu stecken.

Kleine Hämmerchen schlugen auf Miniaturambosse ein und erzeugten einen klingenden Chor rhythmischmusikalischer Töne. Goldene Augen konzentrierten sich wie Linsen auf glitzernde Juwelen und protzigen Tand. Sie waren schwer beschäftigt. Sie stellten Spielzeuge her!

Evarin reckte mit einer befehlenden Geste die Schultern. Ich folgte ihm durch den märchenhaften Arbeitsraum, aber ich konnte mich nicht zurückhalten, einen neugierigen Blick auf die Werkbänke zu werfen. Ein runzliger Kobold versah gerade den Kopf eines Miniaturhundes mit einem Paar Augen. Bepelzte Finger schufen aus Edelmetallen eine filigrane Halskrause für eine tanzende Puppe. Metallische Federn wurden mit der Präzision eines Uhrwerks an den Schwingen eines Skelettvogels befestigt, der nicht größer war als mein Fingernagel. Die Nase des Hundes schnüffelte zitternd, die Vogelschwingen zuckten, die Augen der kleinen Tänzerin folgten meinen Schritten.

War es wirklich Spielzeug?

»Hier entlang«, tadelte Evarin. Hinter uns schloß sich eine Tür. Das dünne Gehämmer wurde zwar leiser und leiser – aber ganz verstummte es nie.

Da Evarin lächelte, mußte mein Gesicht wohl seinen unbeteiligten Gleichmut verloren haben.

»Jetzt wissen Sie, warum man mich den Spielzeugmacher nennt, Rakhal. Ist es nicht seltsam, daß der Hohepriester Nebrans Spielzeug herstellt und sich der Schrein des Krötengottes als Werkstatt für Kinderspielzeug entpuppt?«

Evarin machte eine Pause, die wohl für sich selbst sprechen sollte. Daß es sich bei dem, was hier produziert wurde, kaum um Kinderspielzeug handelte, lag mir auf der Zunge, aber ich wich der Falle aus. Evarin schob einen Teil der Wandtäfelung beiseite und nahm eine Puppe heraus.

Sie war vielleicht so groß wie mein Mittelfinger, wies die exakten Proportionen einer Frau auf und trug das bizarre Kostüm eines Tanzmädchens aus Adcarran. Obwohl Evarin keinen Knopf betätigte, den ich hätte sehen können, fing die Puppe mit wirbelnden Armbewegungen an zu tanzen, als er sie absetzte.

»In einer gewissen Weise bin ich ein wohltätiger Charakter«, murmelte Evarin. Er schnippte mit den Fingern, und die Puppe ging in die Knie und verharrte bewegungslos. »Des weiteren habe ich die Mittel und – sagen wir – die Fähigkeit, meinen kleinen Phantasien nachzugeben. – Die kleine Tochter des Föderationspräsidenten der Handelsstädte auf Samarra hat vor kurzem eine solche Puppe bekommen. Wie ist es doch schade, daß Paolo Arimengo so plötzlich abgewählt und ins Exil geschickt wurde!« Der Spielzeugmacher schnalzte bedauernd mit der Zunge. »Aber vielleicht kann diese kleine Gefährtin der kleinen Carmela dabei helfen, sich an ihre ... neue Lage zu gewöhnen.«

Evarin stellte die Puppe zurück und griff nach etwas, das wie ein Kreisel aussah. »Dies interessiert Sie vielleicht«, sagte er ein wenig geistesabwesend und setzte ihn in Bewegung. Ich starrte auf die kommenden und gehenden Lichtmuster, die mit den sichtbaren Schatten verschmolzen. Plötzlich erkannte ich, was das Ding tat. Es kostete mich einige Anstrengung, den Blick von dem Kreisel zu lösen. Waren inzwischen Sekunden oder Minuten vergangen? Hatte Evarin etwas gesagt?

Evarin brachte das Ding mit einem Finger zum Stehen. »Eine ganze Reihe dieser hübschen Spielzeuge stehen den Kindern wichtiger Persönlichkeiten zur Verfügung«, sagte er abwesend. »Sie sind eine wichtige Handelsware für unsere ausgebeutete und ausgelaugte Welt. Leider sind sie ... äh, möglicherweise ein bißchen schnell zu durchschauen. Das Zustandekommen von Nervenzusammenbrüchen stört ein wenig ihren ... äh ... Verkauf. Den Kindern geschieht dabei natürlich nichts. Sie lieben dieses Spielzeug.« Evarin versetzte den hypnotischen Kreisel erneut in Bewegung. Dann warf er mir von der

Seite her einen Blick zu und stellte ihn vorsichtig wieder zurück.

»Aber nun«, sagte seine Stimme mit der Sanftheit einer schnurrenden Katze, »wollen wir über Geschäfte reden.«

Ich wandte mich ab, um mich nicht durch meine Mimik zu verraten. Evarin hatte etwas in der Hand, das ich nicht erkennen konnte. Ich hielt es nicht für eine Waffe. Und hätte ich es gewußt, hätte ich es ebenso ignorieren müssen.

»Möglicherweise fragen Sie sich, wieso wir Sie erkannt und aufgespürt haben.« Ein Teil der Wandverkleidung erhellte sich und wurde durchsichtig. Ein wirres Liniengeflimmer wurde sichtbar, nahm an Schärfe zu und machte mir klar, daß ich auf einen gewöhnlichen TV-Schirm blickte, auf dem nun das mir wohlbekannte Innere des Cafés zu den drei Regenbogen in der Handelsstadt von Charin Formen annahm.

Meine Neugier war zu diesem Zeitpunkt nicht mehr sehr groß, und ich fragte mich erst später, wie man Direktübertragungen von der anderen Seite eines Planeten vornehmen konnte, ohne Satelliten einzusetzen. Evarin stellte das Bild noch schärfer ein. Eine Theke, nach irdischem Muster gebaut, kam ins Blickfeld. Ich sah einen hochgewachsenen Mann in terranischer Kleidung, der mit einem hellhaarigen Mädchen sprach. »Im Moment ist Race Cargill zweifellos davon überzeugt, daß Sie in seine Falle gegangen und den Ya-Männern zum Opfer gefallen sind. Um ihn brauchen wir uns jetzt nicht mehr zu kümmern.«

Plötzlich erschien mir die ganze Sache von einer dermaßen komischen, kaum noch erträglichen Unlogik, daß ich an mich halten mußte, um vor Lachen nicht laut loszuplatzen. Seit meiner Ankunft in Charin hatte ich die größte Unbill auf mich genommen, um die Handelsstadt und jeden, der mich mit ihr in Verbindung hätte bringen können, zu meiden. Und Rakhal, dem das irgendwie bewußt geworden war, hatte die Chance genutzt, um die von mir hinterlassene Lücke zu füllen. Er gab sich als Race Cargill aus.

Es war nicht einmal annähernd so schwierig, wie es klang. Ich hatte es in Shainsa erfahren. Charin ist sehr, sehr weit von der großen Handelsstadt bei der Kharsa entfernt. Ich hatte weder in Charin noch im Umkreis von mehreren hundert Kilometern einen Bekannten, der ihn als Hochstapler entlarven konnte. Im allerhöchsten Fall hätte er einem halben Dutzend Menschen aus der Enklave begegnen können. Aber denen war ich höchstens einmal bei einem Drink begegnet, und das war acht oder zehn Jahre her.

Wenn Rakhal wollte, sprach er Terra-Standard perfekt, und wenn er aus Versehen in das Idiom der Trockenstädter verfiel – na schön; es war bekannt, daß ich auch diese Sprache beherrschte. Ich zweifelte nicht daran, daß er eine großartige Vorstellung gab. Möglicherweise imitierte er mich viel besser, als ich ihn nachahmen konnte.

»Cargill hatte vor, den Planeten zu verlassen«, sagte Evarin rauh. »Was hat ihn davon abgehalten? Sie könnten uns von großem Nutzen sein, Rakhal – aber nicht, solange Sie mit ihm in einer Fehde leben.«

Das bedurfte keiner näheren Erläuterung. Niemand auf Wolf, der seine Sinne beieinander hat, würde sich mit einem Trockenstädter belasten, der eine unbeendete Blutfehde mit sich herumschleppt. Es war gesetzlich und traditionell verankert, daß erklärte Blutfehden absolute Priorität genossen. Blutfehden sind wichtiger als öffentliche oder private Geschäfte; sie gelten als hinreichende Entschuldigung für nicht eingehaltene Versprechen, vernachlässigte Pflichten, Diebstahl – und sogar Mord.

»Wir möchten, daß Sie diese Angelegenheit endgültig aus der Welt schaffen«, sagte Evarin ruhig und ohne Eile, »und sind durchaus nicht abgeneigt, eine der Waagschalen zu beschweren. Dieser Cargill ist fähig, als Trockenstädter zu posieren. Er hat es bewiesen. Aber wir mögen keine Leute von der Erde, die diese Fähigkeit haben. Wenn Sie Ihre Fehde zu einem Ende führen, befreien Sie uns von einer Gefahr. Wir würden uns dafür . . . dankbar zeigen.«

Er öffnete seine bis dahin geschlossene Hand und zeigte mir einen kleinen, krausen, reglosen Gegenstand.

»Jedes Lebewesen strahlt individuelle elektrische Nervenimpulse aus. Wir haben Möglichkeiten, diese Impulse aufzuzeichnen – und wir haben Cargill und Sie lange Zeit unter Beobachtung gehalten. Wir hatten ausreichend Gelegenheit, dieses Spielzeug auf Cargills Impulse abzustimmen.«

Das krause Ding auf seiner Handfläche regte sich und breitete Schwingen aus. Ich sah einen gefiederten Vogel, dessen kleiner und weicher Körper leicht pulsierte. Halb versteckt unter einem Schwall metallener Federn erhaschte ich einen Blick auf seinen gefährlich langen Schnabel. Die Schwingen wiesen Federn von äußerster Zierlichkeit auf und waren kaum vier Millimeter lang, aber sie trommelten mit Beharrlichkeit gegen die den Vogel umschließenden Finger.

»Für Sie ist es ungefährlich. Drücken Sie diese Stelle ein« – er zeigte mir, wo –, »und wenn Race Cargill sich in einer bestimmten Entfernung aufhält, wird dieser Vogel ihn finden und töten. *Ob* Sie nahe genug an ihn herankommen, ist Ihr Problem. Der Vogel begeht keine Fehler, er wird unausweichlich zuschlagen, ohne Spuren zu hinterlassen. Die kritische Distanz erfahren Sie nicht. Aber wir gestehen Ihnen drei Tage zu.«

Er begegnete meinem überraschten Ausruf mit einer Handbewegung. »Natürlich handelt es sich hier um eine Prüfung. Cargill wird noch in dieser Stunde eine Warnung erhalten. Wir haben kein Interesse an Leuten, deren Inkompetenz ständiger Unterstützung bedarf. Ebensowenig wollen wir Feiglinge! Wenn Sie versagen, den Vogel zu früh loslassen oder sich der Prüfung entziehen« – die in seinen nichtmenschlichen Augen leuchtende Boshaftigkeit verschaffte mir einen Schweißausbruch –, »... für diese Möglichkeit haben wir einen zweiten Vogel hergestellt.«

Obwohl in meinem Kopf alles durcheinander war, glaubte ich die komplexe, unmenschliche Logik seiner Worte doch verstanden zu haben. »Der zweite Vogel ist auf mich abgestimmt?«

Evarin schüttelte langsam und verächtlich den Kopf. »Auf Sie? Sie sind doch an Gefahren gewöhnt und geradezu vernarrt ins Spiel. Nicht so etwas Einfaches! Wir haben Ihnen drei Tage zugestanden. Wenn der Vogel, den Sie bei sich haben, dann noch nicht getötet hat, wird der zweite losfliegen. Und *er* wird töten. Sie haben doch eine Frau, Rakhal.«

Ja, Rakhal hatte eine Frau. Sie konnten sich an seine Frau heranmachen. An meine Schwester Juli.

Alles, was danach kam, war nur noch ein Antiklimax. Natürlich mußte ich mit Evarin anstoßen, um des formellen Ritus willen, ohne den auf Wolf kein Handel bekräftigt wird. Er unterhielt mich mit blutigen und technischen Beschreibungen der Vorgehensweise der Vögel. Er erzählte mir auch, wie andere seiner teuflischen Spielzeuge beim Töten vorgingen. Und noch schlimmere Dinge.

Miellyn kam in den Raum hereingewirbelt und störte das exquisite Weinritual, indem sie sich auf mein Knie setzte, an meinem Becher nippte und schmollte, als ich ihr weniger Aufmerksamkeit zollte, als ihr ihrer Meinung nach zustand. Ich wagte nicht, mich eingehender mit ihr zu beschäftigen – selbst dann nicht, als sie mir leise und mit der Selbstsicherheit und Geilheit einer aus höheren Kreisen stammenden Trockenstädterin, die sich ihrer Ketten entledigt hat, etwas von einem Treffen im Café der drei Regenbogen zuflüsterte.

Aber schließlich kamen wir zum Ende, und ich trat

durch eine Tür, die sich schwindelerregend verzerrte. Dann fand ich mich in Charin an einer kahlen, fensterlosen Mauer wieder. Der Himmel war schwarz, und es war kalt. Der ätzende Geruch des Geisterwindes war im Begriff, sich aufzulösen, aber ich hatte keine andere Wahl, als mich in einer Mauerritze zu verstecken, als der letzte Ya-Männer-Schwarm raschelnd die Straße hinabflutete. Ich nahm den Weg zu meiner in einem schmutzigen Chak-Wohnheim liegenden Unterkunft auf und warf mich auf das verlauste Bett.

Es ist kaum zu glauben, aber ich schlief ein.

12

Eine Stunde vor Morgengrauen ertönte in meinem Zimmer ein Geräusch. Ich fuhr hoch und legte die Hand auf meinen Skean. Unter der Matratze, wo Evarins Vogel versteckt lag, machte sich jemand zu schaffen. Ich schlug zu, berührte etwas Warmes und Atmendes und rang damit in der Dunkelheit. Irgend etwas Übelriechendes preßte sich auf meinen Mund. Ich riß es weg und schlug noch einmal fest mit dem Skean zu. Ein heller, schriller Schrei erklang. Das schmutzige Ding löste sich von mir, fiel zu Boden und starb.

Ich zündete ein Licht an und bekämpfte meine Übelkeit. Es war kein Mensch gewesen. Ein Mensch besaß nicht so viel Blut. Und auch kein Blut von dieser Farbe.

Der Chak, dem das Wohnheim gehörte, kam herein und redete plappernd auf mich ein. Chaks ekeln sich schrecklich vor Blut, und so gab er mir zu verstehen, daß mein Mietvertrag abgelaufen sei und ich zu verschwinden hätte. Er wollte weder mit mir diskutieren noch auf dem Geld, das ich ihm noch schuldete, beharren. Er ließ nicht einmal zu, daß ich in sein Badehaus ging, um mir den Schmutz vom Hemd zu waschen. Schließlich gab ich auf und suchte unter der Matratze nach Evarins Spielzeug.

Der Chak warf einen Blick auf die Seidenstickerei, in die das Ding eingeschlagen war, dann trat er mit erstauntem Gesicht und klaffendem Maul zurück. Ich packte meine Siebensachen und ging hinaus. Da er die Münzen, die ich ihm anbot, nicht anrühren wollte, legte ich sie auf eine Truhe. Als ich in den rötlichen Morgen hinaustrat, flogen sie hinter mir her, bis auf die Straße hinaus.

Ich nahm das Spielzeug aus seiner Seidenhülle und versuchte mir über das klarzuwerden, was ich jetzt tun sollte. Das kleine Ding lag unschuldig und schweigsam in meiner Hand. Ich hatte nicht die geringste Ahnung, ob es auf mich – den echten Cargill der Vergangenheit – oder auf Rakhal abgestimmt war, der sich mit meinem Namen und meiner Reputation in der terranischen Kolonie von Charin herumtrieb.

Wenn ich das Ding aktivierte, brachte es diese Komödie der Irrungen vielleicht dadurch zu einem Ende, daß es sich auf Rakhal stürzte. Dann waren alle meine Probleme aus der Welt geschafft. Zumindest für eine Weile – bis Evarin herausgefunden hatte, was geschehen war. So selbstbewußt, daß ich glaubte, ihn bei einem zweiten Treffen noch einmal täuschen zu können, war ich nicht.

Andererseits: Wenn ich den Vogel aktivierte, konnte er sich ebensogut gegen mich wenden. Dann waren wirklich meine gesamten Probleme aus der Welt geschafft.

Wenn ich Evarins Termin überschritt und nichts tat, würde sich der andere in seinem Besitz befindliche Vogel auf Juli stürzen und ihr einen raschen – wenn auch nicht gerade schmerzlosen – Tod bescheren.

Den größten Teil des Tages verbrachte ich in einer von Chaks bevölkerten Spelunke und tüftelte Pläne aus. Spielzeuge, die unschuldig und doch sinister waren. Spione,

Kundschafter. Spielzeuge, die auf schreckliche Weise töten konnten. Spielzeuge, die man kontrollieren konnte – möglicherweise sogar Kinder. Und es gibt kein Kind, das seine Eltern nicht irgendwann einmal haßt.

Wer konnte da selbst in der terranischen Kolonie noch sicher sein? Sogar in Macks Wohnung schwirrte ein kleiner Junge herum, der mit einem glänzenden Ding spielte, das möglicherweise Evarins Werkstatt entstammte. Fing ich etwa an, allmählich wie ein abergläubischer Trockenstädter zu denken?

Verdammt noch mal – Evarin konnte nicht unfehlbar sein. Er hatte in mir nicht einmal Race Cargill erkannt! Oder – *etwa doch?* Mir brach plötzlich der Schweiß aus. War meine Begegnung mit ihm nichts anderes gewesen als einer jener finsteren, tödlichen und undurchschaubaren nichtmenschlichen Scherze?

In mir verdichtete sich immer wieder der gleiche Schluß. Juli befand sich in Gefahr, aber sie war eine halbe Welt von mir entfernt. Rakhal hielt sich hier in Charin auf. Dann ging es noch um ein Kind. Das Kind Julis. Mein erster Schritt mußte darin bestehen, die terranische Kolonie aufzusuchen und die Lage zu peilen.

Charin ist eine Stadt, die halbmondförmig angelegt ist und die terranische Enklave umschließt. Letztere besteht aus einem Miniaturraumhafen, einem in einem Miniaturwolkenkratzer untergebrachten Hauptquartier und den verstreut umherliegenden Behausungen der dort arbeitenden Terraner und ihrer Hilfstruppen: jener, die mit ihnen zusammenleben und sie mit Notwendigem, Dienstleistungen und Bequemlichkeiten, versorgen.

Will man die Enklave betreten, begibt man sich durch einen bewachten Torbogen, denn die Umgebung ist feindselig, und Charin pfeift auf das terranische Gesetz. Aber das Tor stand weit offen, und die Wachtposten wirkten lax und gelangweilt. Obwohl sie Schocker trugen, sahen sie nicht so aus, als hätten sie sie schon einmal eingesetzt.

Als ich mich ihnen näherte, zwinkerte einer der Wächter seinem Kollegen zu. Ich konnte mir gut vorstellen, welchen Eindruck ich auf sie machte, denn ich war schmutzig, ungekämmt und voller nichtmenschlicher Blutflecken. Ich bat um die Erlaubnis, die terranische Zone betreten zu dürfen. Man fragte mich nach meinem Namen und nach den Geschäften, die ich zu erledigen gedachte, und ich spielte mit dem Gedanken, mich als derjenige auszugeben, den ich im Moment verkörperte. Doch als mir einfiel, daß Rakhal sich als Race Cargill ausgab, kam ich zu dem Schluß, daß er dies sicher erwarten würde. Und er war absolut fähig, hier einen Meisterstreich zu landen – und mich, der ich seinen Namen verwendete, verhaften zu lassen!

Also nannte ich den Namen, mit dem ich nach Shainsa und Charin gekommen war, und hängte eine Geheimdienstparole an. Die beiden Wächter warfen sich erneut einen Blick zu. Dann sagte einer von ihnen: »Rascar, eh? Das ist der Bursche, in Ordnung.« Er führte mich in ein kleines, neben dem Tor liegendes Wachlokal, während der andere ein Sprechgerät einschaltete. Bald darauf brachten sie mich zum HQ-Gebäude, in ein Büro, auf dessen Tür »Der Gesandte« stand.

Ich versuchte, ruhig zu bleiben, aber das war nicht einfach! Dem Anschein nach war ich geradewegs in eine neue Falle gegangen. Einer der Wächter fragte mich: »In Ordnung – jetzt sagen Sie uns, was Sie genau in der Handelsstadt wollen.«

Ich hatte gehofft, zuerst Rakhal zu lokalisieren. Nun wußte ich, daß ich keine Chance hatte. Ich mußte den Fall meiner Identität klären, und zwar so schnell wie möglich, ehe es zu spät war.

»Verbinden Sie mich sofort mit Magnussons Büro im 38. Stock des Zentralhauptquartiers«, sagte ich und fragte mich, ob Mack überhaupt den Namen kannte, unter dem ich mich in der Vergangenheit herumgetrieben hatte. Aber das Risiko konnte ich nicht eingehen. »Es geht um Race Cargill.«

Der Wächter grinste unbeweglich. Dann sagte er zu seinem Kollegen: »Das ist er, na schön.« Er legte mir eine Hand auf die Schulter und zerrte mich herum.

»Schieb ab, Mann. Schwing die Hufe!«

Sie waren zu zweit, und die Leute, die die Raumflotte für den Wachdienst einsetzt, werden nicht aufgrund ihres guten Aussehens engagiert. Aber ich war auch nicht übel, denn ich ließ meine Fäuste für mich sprechen, bis sich die Korridortür öffnete und ein Mann herausgestürmt kam.

»Was, zum Teufel, geht hier vor?«

Einer der Wächter drehte mir den Arm auf den Rücken. »Dieser verlauste Trockenstädter wollte, daß wir eine Verbindung mit Magnusson, dem Chef der Zentrale, herstellen. Er kannte ein paar Geheimdienstparolen, mit denen er durch das Tor kam. Wir haben aber nicht vergessen, daß Cargill uns mittelte, jemand würde unter Vorspiegelung falscher Tatsachen hier einzudringen versuchen.«

»Ich erinnere mich.« Die Augen des mir unbekannten Mannes waren wachsam und kalt.

»Ihr verdammten Idioten«, fauchte ich. »Magnusson kann mich identifizieren! Habt ihr nicht gemerkt, daß ihr einem Schwindler auf den Leim gegangen seid?«

Einer der Wächter sagte leise zu dem Gesandten: »Wir sollten ihn vielleicht als verdächtige Person festhalten.«

Der Gesandte schüttelte den Kopf. »Das ist der Mühe nicht wert. Cargill hat gesagt, daß es sich um eine Privatsache handelt. Sie können ihn ja durchsuchen, um sicherzustellen, daß er keine gefährliche Konterbande bei sich trägt.« Während die Wachtposten meine Kleider und Taschen abtasteten, unterhielt er sich leise mit einem ängstlich im Hintergrund stehenden Angestellten.

Als die Männer anfingen, das in ein Seidentuch gewikkelte Spielzeug auszupacken, stieß ich einen Schrei aus, denn wenn sich das Ding versehentlich aktivierte, mußte es Ärger geben. Der Gesandte wandte sich um und sagte mit tadelnder Stimme: »Sehen Sie denn nicht, daß es mit dem Symbol des Krötengottes bestickt ist? Es ist ein religiöses Amulett oder so was; lassen Sie die Finger davon.«

Die Wächter murrten zwar, gaben es mir aber zurück. »Laßt ihn jetzt in Frieden«, befahl der Gesandte. »Gebt ihm sein Messer zurück und bringt ihn zum Tor. Aber sorgt dafür, daß er nicht wieder zurückkommt.«

Ich wurde gepackt und zum Tor gebracht. Einer der Wächter schob mir den Skean in den Verschluß zurück. Der andere gab mir einen festen Schubs, und ich stolperte und fiel geradewegs auf die staubige Pflasterstraße. Man hatte mir damit deutlich gemacht, was auf mich wartete, wenn ich noch einmal zurückkehrte. Eine ganze Horde von Chakkindern und mehrere verschleierte Frauen brachen in wilden Jubel aus, als sie mich am Boden liegen sahen.

Ich rappelte mich auf, warf den kichernden Gaffern einen dermaßen finsteren Blick zu, daß ihr Gelächter auf der Stelle erstarb, und ballte die Hände zu Fäusten. Ich spielte ernsthaft mit dem Gedanken, mich umzudrehen und mir den Weg nach drinnen freizuprügeln. Doch dann nahm ich Vernunft an. Die erste Runde ging an Rakhal. Er hatte mich äußerst gewitzt auflaufen lassen.

Die Straße war schmal und gewunden und zog sich zwischen den Doppelreihen der Kieselhäuser dahin. Sogar während der blutroten Mittagssonne war sie voller dunkler Schatten. Ich schritt ziellos aus und achtete darauf, den Arm, den man mir verdreht hatte, nicht zu belasten. Noch immer war ich Rakhal so fern wie zuvor – nur hatte ich diesmal zumindest eine Tür hinter mir zugeschlagen.

Warum verlangte ich nicht einfach, Race Cargill gegenübergestellt zu werden? Ich konnte meine Identität beweisen – Rakhal, der hinter meinem Rücken meinen Namen benutzte und alle hinters Licht führte, die mir noch nie begegnet waren, konnte dies nicht. Ich konnte zumindest auf einem Versuch bestehen. Aber er hatte mich sehr clever ausmanövriert, und jetzt hatte ich keine Chance mehr, ihn an die Wand zu drücken.

Ich wandte mich einer Weinstube zu und bestellte einen Krug grünen Gebirgsbeerenwein, an dem ich langsam nippte, während ich nach den paar Geldscheinen und Münzen in meiner Tasche fingerte. Den Plan, Juli zu warnen, konnte ich gleich vergessen. Von Charin aus gab es keine Visiverbindung zu ihr – dazu hätte ich die terranische Enklave betreten müssen. Und selbst wenn ich es geschafft hätte, eine Passage auf der täglichen Verbindungsmaschine zu bekommen; Ich hätte es mir aus Geld- und Zeitgründen nicht leisten können.

Miellyn. Sie hatte – wie Dalissa – mit mir geflirtet. Ob sie ebenso verletzlich war? Vielleicht war auch das wieder nur eine Falle – aber das Risiko mußte ich eingehen. Zumindest konnte ich so etwas über Evarin herausbekommen. Und ich brauchte Informationen. Ich war nicht mehr an dieses Intrigantentum gewöhnt. Der Geruch der Gefahr war mir fremd geworden – und das verschaffte mir Unbehagen.

Der Vogelkörper in meiner Tasche quälte mich. Ich nahm ihn wieder heraus. Es war verführerisch, ihn zu aktivieren und abzuwarten, was dann geschah; die Dinge in Gang zu setzen, jetzt und hier.

Eine Weile später bemerkte ich, daß die Inhaber des Lokals auf die Verpackung des Vogels starrten und sich ängstlich von mir fernhielten. Als ich ihnen eine Münze entgegenhielt, lehnten sie kopfschüttelnd ab. »Sie waren uns ein willkommener Gast«, sagte einer der beiden. »Alles was uns gehört, gehört auch Ihnen. Nur gehen Sie bitte. Gehen Sie schnell.«

Die Münze, die ich ihnen anbot, rührten sie nicht an. Ich stopfte den Vogel in die Tasche, fluchte und ging. Zum zweitenmal hatte ich die Erfahrung gemacht, auf irgendeine Weise tabu zu sein, und das gefiel mir gar nicht.

Es dämmerte bereits, als mir auffiel, daß mir jemand folgte.

Zuerst nahm ich es nur aus den Augenwinkeln wahr: Ein Gesicht, das zu oft auftauchte, um von Zufall zu sprechen. Und die Schritte der Gestalt waren zu unrhythmisch und beharrlich.

Tap-*tap*-tap. Tap-*tap*-tap.

Obwohl ich den Skean bereithielt, hatte ich das unsichere Gefühl, es hier mit etwas zu tun zu haben, wofür eine Klinge nicht ausreichte. Ich tauchte in eine Seitenstraße ein und wartete.

Es tat sich nichts.

Ich ging weiter und lachte innerlich über meine eingebildeten Ängste.

Und dann, eine Zeit darauf, war das leise, beharrliche Geräusch der unregelmäßigen Schritte wieder hinter mir.

Ich überquerte einen Diebesmarkt, hetzte von Verkaufsstand zu Verkaufsstand und ließ mich von alten Weibern anpöbeln, die heißen, gebratenen Goldfisch verkauften. Frauen in gestreifter Vermummung zeterten hinter mir her, als ich, eilig wie ich war, ihre aufgerollten Teppiche umwarf. Weit hinter mir erklang das bekannte und schneller werdende Geräusch der Schritte: Tap-*tap*-tap, tap-*tap*-tap.

Ich floh in eine Straße, in der Frauen auf blumengeschmückten Balkonen saßen und laternengeschmückte Springbrunnen goldene und orangene Farborgien versprühten. Ich rannte durch stille Straßen, wo bepelzte Kinder in Haustüren verschwanden und mich mit großen, goldenen Augen, die in der Dunkelheit leuchteten, vorbeihasten sahen.

Schließlich bog ich in eine Gasse ein und ließ mich, nach Luft ringend, fallen. Jemand, der keine fünf Zentimeter von mir entfernt war, sagte: »Gehörst du zu uns, Bruder?«

Ich murmelte etwas Unverständliches in seinem Dialekt, dann schloß sich eine beruhigend menschliche Hand um meinen Ellbogen. »Hier entlang.«

Von der langen Lauferei völlig außer Atem, ließ ich mich von ihm führen. Ich hatte vor, nach ein paar Schritten auszureißen, mich für die Verwechslung zu entschuldigen und unterzutauchen. Aber dann führte ein vom Ende der Straße kommendes Geräusch dazu, daß ich zusammenzuckte und lauschte.

Tap-*tap*-tap. Tap-*tap*-tap.

Ich beließ meinen Arm entspannt in der mich geleitenden Hand, zog mir eine Umhangfalte vor das Gesicht und ging mit meinem unbekannten Führer weiter.

13

Ich stolperte über Stufen, rutschte rasend schnell nach unten und fand mich in einem matt erleuchteten Raum wieder, in dem es von dunklen Gestalten nur so wimmelte. Es waren sowohl Menschen als auch Nichtmenschen.

Die Gestalten bewegten sich kreisend in der Finsternis und sangen in einem Dialekt, der mir zumindest nicht gänzlich unbekannt war. Der Gesang war monoton und klagend, und er enthielt nur eine einzige, ständig wiederkehrende Phrase: »Kamaina! Kamaina!« Er begann mit einem hohen Ton, der in die tiefsten Tiefen hinabsank und dabei einen Klang annahm, den das menschliche Ohr gerade noch zu hören vermochte.

Der Klang dieses Gesanges ließ mich zurückweichen. Sogar die Trockenstädter wichen den orgiastischen Ritualen des Kamaina aus. Erdenmenschen haftet der Ruf an, daß sie sich auf allen Planeten, auf denen sie ansässig sind, die – nach menschlichen Standards gemessen – eher fragwürdigen Gebräuche vom Hals schaffen. Religionen hingegen lassen sie unangetastet. Und Kamaina war eine Religion – jedenfalls oberflächlich betrachtet.

Ich wollte mich gerade umdrehen und gehen, als sei ich unabsichtlich in ein falsches Zimmer eingedrungen, als mein Begleiter mich am Arm packte. Und dann war ich auch schon in der Menge eingekeilt. Ich konnte mich nicht mehr wehren. Hätte ich jetzt noch versucht, mich zum Ausgang durchzuschlagen, wäre mir eine zu große Aufmerksamkeit zuteil geworden, und die erste Maxime des Geheimdienstes lautet: Wenn du gar nicht mehr weißt, wo es langgeht, dann passe dich an, halte den Mund und tue alles, was dein Nebenmann auch tut.

Nachdem sich meine Augen an das matte Licht gewöhnt hatten, sah ich, daß der größte Teil der Menge aus Chaks und den Bewohnern der Ebenen von Charin bestand. Ich sah einen oder zwei Trockenstädter-Umhänge und glaubte sogar irgendwo einen Erdenmenschen zu erkennen, obwohl ich einen Beweis dafür niemals fand. Die Leute hockten an kleinen, sichelförmigen Tischen und stierten auf einen flackernden Lichtpunkt an der Frontseite des Kellerraumes. An einem der Tische entdeckte ich einen freien Platz. Dort ließ ich mich auf den Boden nieder. Er war weich, wie mit Kissen bedeckt.

Auf jedem Tisch brannten qualmende Räucherkerzen, die den dunstigen, nebelhaften Rauch erzeugten, der die Finsternis mit eigenartigen Farben erfüllte. Neben mir kniete ein jugendliches Chakmädchen. Sie ließ die gefesselten Hände herunterbaumeln, und ihre nackten Brustwarzen waren von juwelenbesetzten Ringen durchbohrt.

Unter dem bleichen Pelz, der ihre spitzen Ohren umgab, wirkte ihr zierliches Tiergesicht stark erregt. Sie flüsterte mir etwas zu, aber ihr Dialekt war so breit, daß ich nur ein paar Worte verstehen konnte. Und die wenigen Worte, die ich verstand, bekam ich nur aus Zufall mit. Ein älterer Chak verlangte grunzend nach Ruhe. Das Mädchen gehorchte. Es schwankte und summte vor sich hin.

Auf allen Tischen standen Becher und Karaffen. Eine Frau schüttete eine blasse, phosphoreszierende Flüssigkeit in eine Schale und bot sie mir an. Ich nahm einen kleinen Schluck, dann noch einen. Die Flüssigkeit war kalt und schmeckte erfreulich herb. Erst als der zweite Schluck auf meiner Zunge süß wurde, wußte ich, was ich gekostet hatte. Da die Augen der Frau auf mich gerichtet waren, tat ich so, als würde ich schlucken. Es gelang mir schließlich, das Dreckszeug irgendwie auf mein Hemd zu spucken.

Obwohl ich wußte, daß man sich sogar vor dem Duft in acht nehmen sollte, gab es nichts, was ich hätte tun können. Das Zeug hieß *Shallavan.* Es war auf jedem Planeten des Terranischen Imperiums und auf jeder halbwegs zivilisierten Welt im näheren Umkreis verboten.

Immer mehr Gestalten – Menschen und andere Geschöpfe – drängten sich in dem Kellerraum zusammen. Und er war nicht sonderlich groß. Die Umgebung wirkte auf mich wie der Horrortrip eines Drogensüchtigen. Farbfetzen hingen in der Luft; die Menge wiegte sich mit monotonen Schreien. Urplötzlich flammte irgendwo purpurnes Licht auf, und jemand kreischte in schäumender Ekstase: *»Na ki na Nebran n'hai Kamaina!«*

»Kamaiiiiiiiina!« schrillte der in Trance versetzte Mob. Ein alter Mann sprang auf und fing an, der Menge ins Gewissen zu reden. Ich konnte seinem Dialekt kaum folgen. Er sprach über Terra. Er redete über die Krawalle.

Er bediente sich eines mystisch klingenden Kauderwelsch, das ich weder verstehen konnte noch wollte, und redete gegen die Erde, was ich nur allzu gut verstand.

Wieder kam ein Lichtblitz, dann schrien die Stimmen im Chor: »Kamaiiiiiiiina!«

Inmitten der bunten Lichtkaskade tauchte Evarin auf.

Das Gewaber der karmesinroten Helligkeit bewirkte, daß er etwas kleiner aussah, als ich ihn in Erinnerung hatte. In meinem Gedächtnis war er eine katzenhafte, fremdartige Gestalt.

Ich wartete, bis die schmerzhafte Helligkeit abnahm. Dann, als ich mich anstrengte, auf das zu sehen, was hinter ihm war, bekam ich den furchtbarsten Schock.

Da stand eine Frau, nackt bis zu den Hüften. Ihre Hände waren mit kleinen rituellen Ketten aneinandergefesselt, die melodiös klingelten, sobald sie sich bewegte. Ihre Beine waren steif, als sei sie in einem Traum eingefroren. Ihr Haar, das wie gesponnenes Glas wirkte, floß über nackte Schultern. Ihre Augen waren rot.

Nur die Augen lebten in diesem ernst träumenden Gesicht. Sie lebten, und obwohl ihre Lippen zu einem sanften, träumerischen Lächeln verzogen waren, ließen sie ein irrsinniges Grauen erkennen.

Miellyn.

Evarin äußerte sich in dem Dialekt, den ich kaum verstand. Er warf die Arme in die Luft und schleuderte seinen Umhang fort, der wirbelnd beiseite flog, als sei er ein lebendiges Wesen. Die zusammengedrängten Menschen und Nichtmenschen wiegten sich und sangen, und Evarin über ihnen tat es ihnen gleich, wie ein schillernder Käfer, der die Arme hochriß und niedersinken ließ, wieder und wieder ... Ich konzentrierte mich, um seine Worte zu verstehen.

»Unsere Welt ... eine alte Welt ...«

»Kamaiiiiiiiina«, jaulte der schrille Chor.

»Menschen, Menschen, alle Menschen würden Sklaven aus uns machen . . . außer aus den Kindern des Affen . . .«

Einen Augenblick lang verlor ich den Faden. Das stimmte. Das Terranische Imperium hatte in seiner ansonsten vernünftigen Politik einen Schwachpunkt: ignorierte, daß Nichtmenschen und Menschen seit Jahrtausenden hier friedlich miteinander ausgekommen waren; es ging blindlings davon aus, daß die Menschen – wie auf der Erde – auch auf allen anderen Welten die dominierende Rasse waren.

Wieder wirbelten die Arme des Spielzeugmachers. Ich rieb meine Augen, um trotz Weihrauch und *Shallavan* klar zu sehen. Ich hoffte, daß das, was ich sah, eine Drogenhalluzination war – denn über dem Mädchen schwebte etwas Großes und Dunkles. Miellyn rührte sich nicht. Sie stand mit gefesselten Händen da, aber ihr Blick strafte die gefrorene Kälte ihrer Gesichtszüge Lügen.

Und dann erfaßte ich irgendwie – wie durch einen sechsten Sinn –, daß *jemand* draußen vor der Tür stand. Von Evarin abgesehen, war ich möglicherweise der einzige Anwesende, der nicht unter Drogen stand – vielleicht war das die Erklärung. Aber während meiner Zeit im Geheimdienst hatte ich einfach eine Art sechsten Sinn entwickeln müssen, weil fünf zum Überleben nicht ausreichten.

So *wußte* ich, daß sich in diesem Moment jemand darauf vorbereitete, die Tür einzuschlagen. Und ich konnte mir auch vorstellen, warum. Man hatte mich auf den Befehl des Gesandten hin beschattet und war mir bis hierher gefolgt. Jetzt schien Verstärkung eingetroffen zu sein.

Jemand donnerte laut gegen die Tür. Dann brüllte eine kräftige Stimme: »Im Namen des Imperiums: Öffnen Sie!«

Der Gesang brach mit einem Mißton ab. Evarin verstummte. Irgendwo schrie eine Frau auf. Die Lichter erloschen abrupt, dann gerieten die Anwesenden in Panik. Frauen schlugen um sich und trafen mich mit ihren Ketten.

Männer traten aus. Geschrei und Geheul wurden laut. Ich warf mich nach vorn und bahnte mir mit Hilfe meiner Ellbogen, Schultern und Knie eine Gasse.

Eine dämmerige Leere tat sich vor mir auf. Ich sah das kurze Aufblitzen von Sonnenlicht, dann wußte ich, daß Evarin mit einem Schritt durch etwas *hindurchgetreten* und verschwunden war. Das Gepolter an der Tür klang nach einem ganzen Regiment der Raumflotte. Ich näherte mich geduckt dem Sternenschimmer, der Miellyns Standort in der Finsternis markierte, näherte mich furchtlos dem über ihr schwebenden Grauen und berührte ihren Mädchenkörper, der so kalt war wie der Tod.

Ich packte sie und riß sie beiseite. Diesmal war es keine Intuition; in neun von zehn Fällen ist Intuition nichts anderes als ein mentaler Kurzschluß, der alles zusammenfaßt, was das Unterbewußtsein registriert, während man selbst damit beschäftigt ist, über andere Dinge nachzudenken. Jedes Eingeborenenhaus auf Wolf hat irgendwelche versteckten Ausgänge, und ich wußte, wo ich sie suchen mußte. Der Ausgang, den ich fand, lag genau dort, wo ich ihn erwartet hatte. Ich warf mich gegen die Tür und fand mich in einem langen, schwach beleuchteten Korridor wieder.

In einer offenen Tür erschien der Kopf einer Frau. Als sie Miellyn sah, die mit steifen Beinen und auf meinen Arm gestützt neben mir herhinkte, öffnete sich ihr Mund zu einem stummen Schrei. Sie zuckte zurück, warf die Tür ins Schloß. Ich hörte, wie sie einen Riegel vorlegte. Mit dem Mädchen im Arm rannte ich auf das Korridorende zu, glaubte den Weg zu erkennen, durch den ich in den Keller gelangt war, und fragte mich, wieso ich mich um Miellyn kümmerte.

Die Tür führte auf eine dunkle, friedlich daliegende Straße hinaus. Hinter den Häuserdächern verschwand gerade ein einsamer Mond. Ich ließ Miellyn frei, aber sie stöhnte und fiel gegen mich. Ich legte ihr meinen Umhang um die nackten Schultern. Wenn ich von dem Lärm und dem Geschrei ausging, waren wir buchstäblich in letzter Sekunde entkommen. Niemand verließ das Gebäude durch den Ausgang, den wir genommen hatten. Entweder hatten die Männer der Raumflotte ihn unter ihre Kontrolle gebracht – oder die Sektierer waren dermaßen drogenbenebelt, daß sie nicht mehr merkten, was überhaupt los war.

Aber mir war klar, daß es nur ein paar Minuten dauern konnte, bis die Eindringlinge das gesamte Gebäude nach versteckten Fluchtwegen absuchten. Plötzlich – völlig unmotiviert – erinnerte ich mich an einen nicht sehr weit in der Vergangenheit liegenden Tag, an dem ich vor einer Ausbildungseinheit der Raumflotte gestanden hatte. Man hatte mich als Geheimdienstexperte für Eingeborenenstädte vorgestellt und die Leute in aller Ernsthaftigkeit vor versteckten Ein- und Ausgängen gewarnt. Ein paar Sekunden lang fragte ich mich, ob es nicht besser wäre, hier zu warten und mich einfach festnehmen zu lassen.

Dann warf ich mir Miellyn über die Schulter. Sie war jedoch schwerer, als sie aussah, und eine Minute später fing sie an zu stöhnen und bewegte sich. Offenbar wurde sie nun wieder wach. Ein Stück die Straße hinunter lag ein Chak-Restaurant; ein Laden, den ich einstmals gut gekannt hatte. Er hatte einen üblen Ruf, und das dort servierte Essen war schlecht, aber er war die ganze Nacht über geöffnet und ziemlich ruhig. Ich bückte mich und trat ein.

Der Laden war verräuchert und strömte einen fauligen Geruch aus. Ich ließ Miellyn auf einen Diwan sinken und schickte den heruntergekommen aussehenden Kellner nach zwei Schalen Nudeln und Kaffee. Dann gab ich ihm ein kleines Trinkgeld und bat ihn, uns alleine zu lassen. Ich bin sicher, daß er von uns das Schlimmste erwartete, denn als er den Shallavangeruch witterte, rümpfte er die Nase. Aber das, was er befürchtete, spielte sich hier öfters ab. Er zog die Rolläden herunter und trollte sich.

Ich starrte das bewußtlose Mädchen an, dann machte ich mich mit einem Achselzucken über die Nudeln her. Ich war immer noch benebelt von den Gerüchen des Weihrauchs und der Droge. Ich mußte unbedingt wieder einen klaren Kopf bekommen. Obwohl ich noch immer nicht genau wußte, wie ich weiter vorgehen sollte, war ich fest entschlossen, Evarins rechte Hand irgendwie für mich zu nutzen.

Die Nudeln sahen abscheulich aus und hatten einen eigenartigen Geschmack, aber sie waren heiß. Ich leerte eine ganze Schale, bevor Miellyn sich rührte, einen stöhnenden Laut von sich gab und kettenklirrend an ihren Kopf faßte. Die Geste erinnerte mich sofort an Dallisa, und zum ersten Mal wurde mir bewußt, wie sehr die beiden sich doch glichen. Die Bewegung machte mich gleichzeitig vorsichtig und neugierig.

Als sie bemerkte, daß sie sich nicht frei bewegen konnte, fuhr sie herum, setzte sich aufrecht hin und sah sich mit wachsender Bestürzung und Schockiertheit um.

»Es ist zu einer Art Krawall gekommen«, sagte ich. »Ich habe dich hinausgebracht. Evarin hat dich im Stich gelassen. Und das, was du jetzt denkst, kannst du gleich wieder vergessen: Ich habe dich in meinen Umhang gehüllt, weil du bis zu den Hüften nackt warst. Ich fand, daß das keinen guten Eindruck macht.« Ich dachte nach und fügte hinzu: »Ich will damit sagen, daß ich dich in diesem Aufzug schwerlich durch die Straßen schleppen konnte. Nicht etwa, daß dein Aussehen mir nicht gefallen hätte.«

Zu meiner Überraschung fing sie leise und etwas zittrig an zu kichern. Dann hielt sie mir die Hände hin. »Kannst du . . .?«

Ich zerriß die Kettenglieder und befreite sie. Miellyn

massierte ihre Gelenke, als würden sie schmerzen. Dann zog sie ihr Faltengewand hoch, befestigte es so, daß ihr Körper bedeckt war, und gab mir meinen Umhang zurück. Im Licht des flackernden Kerzenstummels sahen ihre Augen groß und sanft aus.

»Oh, Rakhal«, seufzte sie, »als ich dich dort sah . . .« Sie richtete sich auf und faltete fest die Hände. Als sie weitersprach, war ihre Stimme für jemanden ihres Alters von einer eigenartigen Kälte und Kontrolliertheit. Sie war beinahe so kalt wie die Dallisas.

»Wenn Kyral dich geschickt hat . . . Ich komme nicht zurück. Ich werde niemals zurückkehren, das kannst auch du wissen.«

»Kyral hat mich nicht geschickt. Und es ist mir völlig egal, wohin du gehst. Es ist mir auch egal, was du tust.« Ich stellte plötzlich fest, daß meine letzte Behauptung der Wahrheit ganz und gar nicht entsprach, und um meine Verwirrung zu überspielen, schob ich ihr die zweite Nudelschale hin.

»Iß.«

Sie rümpfte mit unverhohlenem Abscheu die Nase. »Ich habe keinen Hunger.«

»Iß es trotzdem. Du bist immer noch halb im Rausch. Das Essen wird dir den Kopf frei machen.« Ich nahm meine Kaffeeschale und leerte sie in einem Zug. »Was hast du in diesem widerwärtigen Stall getrieben?«

Ohne Vorwarnung stürzte sie sich über den Tisch hinweg auf mich und schlang die Arme um meinen Hals. Ich war so überrascht, daß ich sie zuerst gewähren ließ, dann hob ich die Hände und löste ihren Griff.

»Dafür ist jetzt keine Zeit. Ich bin einmal darauf hereingefallen; mit dem Ergebnis, daß ich hinterher der Dumme war.«

Aber ihre Finger gruben sich in meine Schultern.

»Rakhal, Rakhal, ich wollte weglaufen und dich finden.

Hast du den Vogel noch immer? Du hast ihn doch noch nicht aktiviert? Oh, tue es nicht, Rakhal, tue es nicht; du weißt ja nicht, was Evarin ist; du hast ja keine Ahnung, was er macht.« Die Worte strömten wie eine Flut aus ihr heraus. »Er hat so viele von euch auf seine Seite gebracht; dich soll er nicht auch noch bekommen, Rakhal. Es heißt, du seist ein ehrlicher Mensch, daß du einmal für Terra gearbeitet hast ... die Terraner würden dir glauben, wenn du zu ihnen gehen und ihnen erzählen würdest, was er ... Rakhal, bring mich zur terranischen Enklave, bring mich hier weg, damit sie mich vor Evarin beschützen können.«

Am Anfang versuchte ich sie zu stoppen, um ihr Fragen zu stellen, dann wartete ich und ließ die Flut ihrer Worte über mich ergehen. Schließlich lehnte sie sich still, erschöpft und außer Atem gegen meine Schulter und ließ sich hängen. Der muffige Geruch von *Shallavan* mischte sich mit dem Blumenduft ihres Haars.

»Du und dein Spielzeugmacher«, sagte ich endlich schwer, »habt euch in mir geirrt. Ich bin nicht Rakhal Sensar.«

»Du bist es nicht?« Sie zuckte zurück und sah mich bestürzt an. Ihre Augen untersuchten jeden Quadratzentimeter meines Gesichts, von der grauen Strähne, die mir in die Stirn hing, bis zu meinem Kragen. »Aber wer bist du dann?«

»Race Cargill. Terranischer Geheimdienst.«

Sie starrte mich an. Sie *lachte*! Zuerst glaubte ich an einen hysterischen Anfall. Ich schenkte ihr einen konsternierten Blick. Dann, als sich unsere Blicke trafen und ich sah, daß in ihren Augen aller Schalk versammelt war, dessen der menschliche, mit nichtmenschlichen Einflüssen angereicherte Humor fähig ist, fing ich auch an zu lachen.

Ich warf den Kopf zurück und brüllte, bis wir einander in die Arme sanken und röchelnd – wie zwei von einem Anfall geschüttelte Narren – nach Luft schnappten.

Der Chak-Kellner erschien in der Tür und gaffte uns an, und ich schrie zwischen zwei schweren Lachanfällen: »Raus hier, aber schnell!«

Miellyn trocknete ihr Gesicht; noch immer liefen Lachtränen über ihre Wangen. Ich blickte finster in meine leere Schale.

»Cargill«, sagte sie dann zögernd, »kannst du mich zu den Terranern bringe, wo Rakhal . . .«

»Zum Henker!« explodierte ich. »Ich kann dich nirgendwo hinbringen, Mädchen! Ich muß Rakhal finden . . .« Ich brach mitten im Satz ab und sah sie mir zum erstenmal genauer an.

»Soweit es in meiner Macht steht, sorge ich für deinen Schutz, Kind. Aber ich fürchte, du bist vom Regen in die Traufe geraten. Es gibt nicht ein Haus in Charin, das mich haben will. Ich bin heute zweimal an die Luft gesetzt worden.«

Miellyn nickte. »Ich weiß auch nicht, woran das liegt. Aber in nichtmenschlichen Gegenden scheint man das Unheil förmlich zu riechen. Vielleicht liegt es auch in der Luft.« Sie schwieg, stützte den Kopf schläfrig auf beide Hände, und das Haar fiel ihr ins Gesicht. Ich nahm ihre Hand und drehte sie um. Es war eine zierliche Hand, mit vogelgleichen Knochen und rötlich gefärbten Nägeln, aber die Linien und die Hornhaut, die ihre Knöchel umgab, machte mir bewußt, daß auch sie der strengen Einfachheit der salzigen Trockenstädte entstammte. Nach einer Weile errötete sie und zog die Hand zurück.

»An was denkst du, Cargill?« fragte sie. Zum ersten Mal hörte ich ihre Stimme in einem ernüchterten Zustand, ohne die Koketterie, die offenbar nur ein Teil ihres Charakters war.

»Ich denke an Dallisa«, sagte ich einfach und wahrheitsgemäß. »Ich habe geglaubt, ihr beide wärt sehr verschieden, aber jetzt sehe ich, daß ihr euch stark gleicht.«

Ich dachte, sie würde nun hinterfragen, was ich von ihrer Schwester wußte, aber das tat sie nicht. Eine Weile später meinte sie: »Ja, wir sind Zwillinge.« Und noch etwas später fügte sie hinzu: »Aber sie war immer die ältere von uns beiden.«

Und das war alles, was ich je über die rätselhaften Zwänge erfuhr, die aus Dallisa eine strenge und tragische Klytämnestra und aus Miellyn eine elfenhafte Ausreißerin gemacht hatten.

Draußen, hinter den heruntergezogenen Rolläden, fing es an zu tagen. Miellyn fröstelte und zog den Faltenüberwurf enger um ihren Hals. Ich musterte die in ihrem Haar glitzernden Edelsteine. »Du nimmst sie besser ab und versteckst sie. Wer so in dieser Gegend herumläuft, bittet geradezu darum, in eine dunkle Gasse gezerrt und erwürgt zu werden.« Ich nahm den Spielzeugvogel aus der Tasche und legte ihn – immer noch verpackt – auf den schmierigen Tisch. »Du weißt wohl nicht zufällig, auf wen von uns beiden dieses Ding abgestimmt ist?«

»Ich weiß nichts über das Spielzeug.«

»Du scheinst aber eine Menge über den Spielzeugmacher zu wissen.«

»Das dachte ich auch – bis gestern abend.« Ich sah ihre aufeinandergepreßten, sich verhärtenden Lippen, und mir kam der Gedanke, daß sie eigentlich hätte weinen müssen, wenn sie wirklich so sanft und zierlich war, wie sie ausschaute. Dann schlug sie mit einer kleinen Hand auf den Tisch und stieß hervor: »Es ist keine Religion! Es handelt sich dabei nicht einmal um eine ehrliche Freiheitsbewegung! Alles ist nur ein Vorwand für . . . für Schmuggel und Drogen – und alle anderen schmutzigen Dinge! – Es ist schwer zu glauben, aber als ich Shainsa verließ, hielt ich Nebran für die richtige Antwort auf die Vorgehensweise der uns strangulierenden Terraner! Ich weiß jetzt, daß es auf Wolf schlimmere Dinge als das Terranische Imperium gibt! Ich habe von Rakhal Sensar gehört – und was immer du von ihm hältst, er ist zu anständig, um in eine solche Sache verwickelt zu sein!«

»Ich schlage vor, du erzählst mir, was wirklich hier vor sich geht«, sagte ich. Sie konnte zu dem, was ich bereits wußte, zwar nicht mehr viel beitragen, aber allmählich fanden die letzten Bruchstücke des Puzzles ihren Platz. Rakhal, der hinter dem Materietransmitter und einigen anderen Schlüsseln der nichtmenschlichen Wissenschaften Wolfs her war – und nun wußte ich, woran mich die Stadt der Schweigenden erinnert hatte –, hatte irgendwie den Weg des Spielzeugmachers gekreuzt.

Evarins Worte ergaben nun einen Sinn: *»Sie sind ziemlich schlau zu Werke gegangen, indem Sie sich unserer Beobachtung eine gewisse Zeit entzogen.«* Möglicherweise – und obwohl ich es nie mit Sicherheit herausfinden würde – hatte Cuinn als Doppelagent gearbeitet: für Kyral und Evarin. Der Spielzeugmacher, der von Rakhals antiterranischen Aktivitäten wußte, hatte geglaubt, einen wertvollen Mitarbeiter in ihm zu finden. Deswegen hatte er Schritte unternommen, um sich Rakhals Hilfe zu versichern.

Juli selbst hatte mir den Hinweis geliefert: *»Er hat Rindys Spielzeug zerschlagen.«* Aus dem Zusammenhang gerissen, klang es wie das Werk eines Wahnsinnigen. Aber jetzt, nachdem ich Evarins Werkstatt von innen gesehen hatte, war alles ganz klar.

Und ich glaube, ich habe auch die ganze Zeit über gewußt, daß Rakhal Evarins Spiel nicht mitspielte. Er hätte sich möglicherweise gegen die Erde gewandt – obwohl ich nun sogar das anzuzweifeln begann –, und gewiß hätte er mich auch getötet, wären wir einander begegnet. Aber er hätte es dann selbst getan, ohne Bösartigkeit. *Ohne Bösartigkeit getötet zu werden* – dies ergibt in keiner terranischen Sprache einen Sinn. Aber mir war es verständlich.

Miellyn hatte ihren Bericht beendet und döste mit auf dem Tisch ruhendem Kopf vor sich hin. Das rötliche Licht wurde heller, und mir wurde klar, daß ich hier auf das Morgengrauen wartete, wie ich Tage zuvor in Shainsa auf den Sonnenuntergang gewartet hatte: mit jeder Faser meines Herzens. Der Morgen, der nun angebrochen war, war der dritte, seit ich mich in Charin aufhielt. Vor mir auf dem Tisch lag der Vogel, der bald würde abfliegen müssen, wenn ich verhindern wollte, daß sich in der fernen Kharsa ein anderer auf Juli stürzte.

»Man hat mir zu verstehen gegeben«, sagte ich, »daß der Vogel einer Entfernungsbeschränkung unterliegt. Ich muß meinem Opfer nahe sein. Wenn ich ihn in eine Eisenkiste werfe und in der Wüste verliere, wird er sicher niemandem etwas zuleide tun. Ich kann wohl nicht davon ausgehen, daß du bereit bist, den anderen für mich zu stehlen?«

Miellyn hob mit blitzenden Augen den Kopf. »Warum solltest du dir Gedanken um Rakhals Gattin machen?« funkelte sie mich grundlos an. War sie etwa eifersüchtig? »Ich hätte mir denken können, daß Evarin nicht ins Dunkle zielt! Rakhals Frau, dieses Erdenmädchen – was geht sie dich an?«

Es erschien mir wichtig, ihr reinen Wein einzuschenken. Ich sagte ihr, daß Juli meine Schwester sei, daraufhin entspannte sie sich etwas, aber nicht völlig. Angesichts meines Wissens um die Gebräuche der Trockenstädter war ich ganz und gar nicht überrascht, als sie mit einem Anflug von Eifersucht hinzufügte: »Als ich von eurer Fehde hörte, dachte ich, es ginge um diese Frau!«

»Aber nicht so, wie du denkst«, sagte ich. Gewiß, Juli war ein Teil dieser Fehde gewesen. Selbst damals hatte ich es bedauert, als sie unserer Welt den Rücken gekehrt hatte. Aber wäre Rakhal auf seiten Terras geblieben – ich hätte seine Heirat mit Juli akzeptiert. Akzeptiert? Ich wäre in Jubel ausgebrochen. Gott weiß, daß wir uns während der Jahre in den Trockenstädten nähergestanden hatten als Brüder. Und dann, vor Miellyns blitzenden Augen, sah ich meinem heimlichen Haß und meinen geheimen Ängsten ins Angesicht. Nein, an unserer Auseinandesetzung war Rakhal nicht alleine schuld gewesen.

Er hatte sich nicht ohne Erklärung von Terra abgewandt. Ich hatte unbewußt mein Bestes getan, um ihn fortzutreiben. Und als er gegangen war, hatte ich einen Teil meines Ichs ebenso ins Exil geschickt. Ich hatte mir eingeredet, ich könne den Kampf beenden, indem ich vorgab, er existiere nicht. Und jetzt, als mir bewußt wurde, was ich uns allen angetan hatte, wußte ich, daß ich meiner lange und sehnlich herbeigewünschten Rache entsagen mußte.

»Das Thema Vogel ist immer noch nicht erledigt«, sagte ich. »Es ist wie bei einem Kartenspiel, dessen Regeln man nicht kennt.« Ich hätte das Ding auseinandernehmen können – aber ob mir so viel Glück beschieden war, daß es keinen Reflektormechanismus enthielt? Es schien mir das Risiko nicht wert zu sein.

»Zuerst muß ich Rakhal *finden*. Wenn ich den Vogel freilasse, damit er Rakhal tötet, wäre damit nichts erreicht.« Denn ich konnte Rakhal nicht umbringen. Ich konnte es deswegen nicht, weil ich wußte, daß mein anschließendes Weiterleben eine schlimmere Strafe sein würde als der Tod. Und wenn Rakhal starb – das wußte ich jetzt auch –, würde auch Juli sterben. Tötete ich ihn, brachte ich auch den besten Teil meines Ichs um. Irgendwie mußten Rakhal und ich ein Gleichgewicht zwischen unseren Planeten schaffen – und versuchen, aus beiden eine neue Welt zu machen.

»Ich kann nicht hier sitzen und mich noch länger mit dir unterhalten. Ich habe keine Zeit, um dich zur . . .« Ich hielt inne. Mir fiel das Raumhafencafé am Rande der Kharsa wieder ein. Dort befand sich ein Straßenschrein –

oder ein Materietransmitter. Er lag dem terranischen Hauptquartier genau gegenüber. *All diese Jahre* . . .

»Du kennst dich mit Transmittern aus. Du kannst in einer oder zwei Sekunden dort sein.« Sie konnte Juli warnen und Magnusson alles erzählen. Als ich ihr einen dementsprechenden Vorschlag machte und ihr die Parole gab, mit der sie sofort zu den höchsten Stellen vordringen konnte, wurde sie blaß. »Jeder Sprung muß durch den Hohen Schrein gemacht werden.«

Ich verharrte und dachte darüber nach.

»Was glaubst du, wo Evarin sich in diesem Moment aufhält?«

Sie schüttelte sich. »Er ist überall!«

»Unsinn! Er ist doch nicht allwissend. Hör mal, du kleine Närrin, er hat nicht einmal *mich* erkannt. Er hat mich für Rakhal gehalten!« Ich war mir dessen zwar nicht ganz so sicher, aber Miellyn brauchte dringend eine Rükkenstärkung. »Dann bring mich in den Hohen Schrein. Mit Hilfe von Evarins Monitorsystem kann ich Rakhal finden.« Als ich sah, wie sich Ablehnung in ihrem Gesicht breitmachte, bohrte ich weiter: »Wenn Evarin da ist, werde ich dir seine Fehlbarkeit beweisen, indem ich ihm meinen Skean durch die Kehle jage.« Ich drückte ihr den Spielzeugvogel in die Hand. »Und achte auf das hier, ja?«

Sie ließ das Ding gelassen zwischen den Falten ihres Gewandes verschwinden. »Ich habe nichts dagegen. Aber zum Schrein . . .« Ihre Stimme bebte, und ich stand auf und schob den Tisch beiseite.

»Laß uns verschwinden. Wo ist der nächste Straßenschrein?«

»Nein, nein! Ich wage es nicht!«

»Das mußt du aber.« Ich sah den Chak, dem das Restaurant gehörte, an der Tür vorbeigehen und sagte: »Das ist kein Grund zum Streiten, Miellyn.« Als sie nach ihrem Erwachen ihr Kleid gerichtet hatte, hatte sie es so befestigt, daß über ihrer Brust die Nebran-Stickerei zu sehen war. Ich berührte die gestickte Kröte ohne den geringsten sinnlichen Gedanken mit einem Finger und sagte: »Wenn sie das zu Gesicht bekommen, werfen sie uns sowieso auf die Straße.«

»Wenn du wüßtest, was ich über Nebran weiß, würdest du mich nicht einmal in die *Nähe* des Hohen Schreins gehen lassen!« Da war es wieder: Ihre verhaltene Koketterie und das zur Seite gewandte Lächeln.

Und plötzlich wurde mir klar, daß ich es wirklich nicht wünschte. Aber sie war nicht Dallisa, die in kalter Würde zuschauen konnte, wie die Welt um sie herum in Stücke fiel. Miellyn mußte um die Welt, die sie sich wünschte, kämpfen.

Und dann drang bei mir etwas von der rohen Feindseligkeit, die jedem Mann zu eigen ist, an die Oberfläche. Ich packte ihren Arm so fest, daß sie wimmerte. In der Sprache Shainsas, die mir stets dann über die Zunge kommt, wenn ich bewegt oder zornig bin, sagte ich: »Verdammt noch mal, du *wirst* gehen. Hast du vergessen, daß dich diese rasende Bande in Stücke gerissen hätte, wenn ich nicht gewesen wäre?«

Das genügte. Sie machte sich los, und erneut sah ich hinter einer Fassade aus mürrischer Koketterie die wilde und unbezähmbare Dreistigkeit des Trockenstädters. Und in Miellyn war sie noch wilder und anmaßender, denn sie hatte ihre Handfesseln zerrissen und damit die Vergangenheit abgeschüttelt.

Mich überkam das wilde, unangemessene Verlangen, sie an mich zu reißen, mit den Armen zu umschlingen und ihre süßroten, verlockenden Lippen zu kosten. Die Anstrengung, diesen Impuls zu unterdrücken, führte dazu, daß ich etwas rauh wurde.

Ich gab ihr einen Schubs und sagte: »Komm! Wir müssen vor Evarin dort sein.«

14

Auf der Straße herrschte heller Tag. Die Farben und das Leben Charins waren wieder gewichen. Der Morgen war grau, still und ganz wie üblich. Nur wenige Menschen lungerten auf den Straßen herum, als hätte die Sonne ihnen sämtliche Energie entzogen. Und wie immer spielten die blassen, wollhaarigen Kinder – Menschen und Nichtmenschen – in der Gosse ihre mysteriösen Spiele. Sie starrten uns an, aber in ihren Blicken war weder Neugier noch Boshaftigkeit.

Miellyn zitterte, als ihre Füße über die Steinmuster des Straßenschreins gingen.

»Hast du Angst, Miellyn?«

»Ich kenne Evarin. Du nicht. Aber ...« – ihre Lippen verzogen sich in einem mißlungenen Versuch, zur alten Boshaftigkeit zurückzufinden –, »wenn ich mit einem so großartigen und tapferen Mann von der Erde zusammen bin ...«

»Hör auf«, brummte ich. Sie kicherte.

»Du mußt näher an mich heran. Die Transmitter sind nur für eine Person vorgesehen.«

Ich legte die Arme um sie. »So?«

»So«, flüsterte sie und drückte sich an mich. Ein taumelndes Kreisen setzte ein. Nebelhafte Finsternis erfüllte meinen Geist. Die Straße verschwand. Eine Sekunde später festigte sich der Boden unter unseren Füßen, und wir standen im Steuerraum des Hohen Schreins. Das Oberlicht ließ die letzten Strahlen der untergehenden Sonne auf uns fallen. In der Ferne war das feine Gehämmer zu hören.

»Evarin ist zwar nicht hier«, flüsterte Miellyn, »aber er kann in jeder Sekunde auftauchen.« Ich hörte nicht zu.

»Wo sind wir hier, Miellyn? An welcher Stelle des Planeten?«

»Ich glaube, das weiß niemand – außer Evarin. Es gibt hier keine Türen. Jeder, der hereinkommt oder hinausgeht, benutzt den Transmitter.« Sie streckte einen Arm aus. »Die Monitoranlage ist dort, wir müssen durch die Werkstatt.«

Sie zupfte an ihrem Gewand und richtete mit fachmännischen Griffen ihr Haar. »Du hast wohl nicht gerade einen Kamm bei dir? Ich habe keine Zeit, um nach meinem eigenen zu sehen . . .«

Daß sie ein eitler und verwöhnter Fratz war, hatte ich gewußt, aber diese Bemerkung schlug dem Faß den Boden aus, und das sagte ich ihr auch – mit einer kleinen Explosion. Sie sah mich an, als sei ich nicht recht bei Trost. »Die Kleinen, mein Freund, sind sehr aufmerksam. Du kannst natürlich wie ein Vagabund herumlaufen, aber wenn ich – eine Priesterin Nebrans – ihre Werkstatt betrete und dabei aussehe, als käme ich gerade von einer Orgie in Adcarran . . .«

Ich durchwühlte mit betretenem Gesicht meine Tasche und reichte ihr einen etwas unansehnlich wirkenden Kamm. Der Blick, den sie ihm schenkte, war voller Abscheu, aber dann benutzte sie ihn doch, um ihr Haar in Ordnung zu bringen. Schließlich richtete sie ihr Gewand, bedeckte die auffälligsten Flecken mit Stoff und ließ mich dabei einen Teil ihrer recht ansehnlichen Kurven bewundern. Sie befestigte die Edelsteine wieder in ihrem Haar, öffnete die Werkstattür und trat ein.

Ich hatte dieses Gefühl seit Jahren nicht mehr verspürt: tausend Augen, die mir folgten; Blicke, die sich in meinen Rücken bohrten. Denn ihre Augen waren überall: Runde, nichtmenschliche Pupillen. Die Chak-Gnome. Ihre Facettenaugen glichen den Prismenaugen der Spielzeugpuppen. Die Werkstatt war etwa dreißig Meter lang, aber ich hatte den Eindruck, als müßte ich mehrere Kilometer hinter mich bringen. Vereinzelte Zwerge begrüßten Miellyn mit einem unterwürfig gemurmelten Gruß. Sie erhielten eine huldvolle Antwort.

Miellyn hatte mich darauf hingewiesen, daß ich mich so benehmen mußte, als hätte ich jedes Recht, mich hier aufzuhalten, und so ging ich hinter ihr her, als fände im nächsten Zimmer eine anberaumte Konferenz statt. Als sich die Tür endlich hinter mir schloß, war ich in kalten Schweiß gebadet. Aber wir hatten es geschafft und waren für den Augenblick sicher. Auch Miellyn bebte vor Angst. Ich legte beruhigend eine Hand auf ihren Arm.

»Immer ruhig, Kind. Wo ist der Monitor?«

Sie berührte die Wandtäfelung, die ich bereits kannte. »Ich weiß nicht, ob ich das Ding richtig einstellen kann. Evarin hat es mich niemals anfassen lassen.«

Und das erzählte sie mir erst jetzt! »Wie funktioniert es?«

»Es handelt sich um eine Adaption des Transmitterprinzips. Du kannst damit sehen, wohin du willst, ohne zu springen. Es verwendet einen Aufspürmechanismus, ähnlich wie die Spielzeuge. Wenn Rakhals Impulsmuster gespeichert ist . . . Einen Moment.« Sie zog den Spielzeugvogel heraus und packte ihn aus. »Jetzt können wir herausfinden, auf wen er abgestimmt ist.«

Ich sah mir das gefiederte Ding an. Es lag unschuldig auf Miellyns Handfläche. Sie schob die Federn beiseite und legte einen winzigen Kristall frei. »Wenn er auf dich abgestimmt ist, wirst du dich in diesem Kristall selbst sehen können, als wäre der Bildschirm ein Spiegel. Und wenn er auf Rakhal abgestimmt ist . . .«

Sie preßte den Kristall gegen den Monitorschirm. Kleine Schneeflocken fingen an zu tanzen. Und dann blickten wir abrupt von einer Höhe aus auf den hageren Rücken eines Mannes. Er trug eine Lederjacke. Langsam wandte er sich um. Ich erkannte ihn an der Stellung seiner Schultern. Sein Hinterkopf verwandelte sich in ein adlernasiges Profil. Dann sah ich sein ganzes Gesicht: eine narbige, verunstaltete Maske, die noch schrecklicher entstellt war als mein eigenes.

»Rakhal«, murmelte ich. »Versuch den Blickwinkel zu verändern, Miellyn, damit wir einen Blick aus dem Fenster werfen können. Charin ist eine große Stadt. Wenn wir einen prägnanten Punkt ausmachen könnten . . .«

Rakhal sprach mit jemandem, der sich außerhalb des Aufnahmebereichs befand. Seine Lippen bewegten sich, aber man konnte nichts hören. Miellyn sagte plötzlich: »Da!« Sie hatte ein Fenster ausgemacht. Ich sah eine hohe Säule und zwei oder drei Pfosten, die zu einer Brücke zu gehören schienen. »Es ist die Sommerschneebrücke«, sagte ich. »Jetzt weiß ich, wo er steckt. Schalt ab, Miellyn, jetzt können wir ihn finden . . .« Als ich mich umdrehte, schrie Miellyn auf.

»Sieh dir das an!«

Rakhal hatte dem Monitorbild den Rücken zugewandt. Zum ersten Mal sah ich, mit wem er redete. Ich sah die Bewegung einer katzenhaften Schulter, einen gekrümmten Hals und einen hocherhobenen Kopf, der nicht hundertprozentig menschlich war.

»Evarin!« Ich stieß einen Fluch aus. »Das genügt. Jetzt weiß er, daß ich nicht Rakhal bin – wenn er es nicht schon die ganze Zeit über gewußt hat! Komm, Mädchen, wir müssen von hier verschwinden!«

Diesmal gaben wir nicht vor, völlig gelassen zu sein, als wir durch die Werkstatt hasteten. Die Gnome ließen ihre Hämmer sinken, als sie hinter uns her starrten. *Spielzeuge!* Am liebsten wäre ich stehengeblieben und hätte sie alle zerschmettert. Aber wenn wir uns beeilten, konnten wir Rakhal vielleicht aufspüren. Und wenn uns das Glück hold war, trafen wir Evarin auch noch bei ihm an.

Ich würde ihre Köpfe gegeneinanderschlagen. Inzwischen war ich an einem Punkt angelangt, der mir jedes

Abenteuertum vergällte. Was ich haben wollte, hatte ich. Mir fiel ein, daß ich während der Nacht kein Auge zugemacht hatte. Ich war erschöpft. Ich wollte um mich schlagen, jemanden umbringen, mich irgendwo hinhauen und einschlafen – am liebsten alles gleichzeitig. Wir warfen die Tür der Werkstatt krachend hinter uns ins Schloß, und ich nahm mir noch die Zeit, sie mit einem schweren Diwan zu verrammeln.

Miellyn sah mir dabei zu. »Die Kleinen würden mir bestimmt nichts tun«, fing sie an. »Für sie bin ich unantastbar.«

Ich war mir da nicht so sicher. Ich wurde den Eindruck nicht los, daß sich an ihrem Status etwas verändert hatte – und zwar von dem Augenblick an, als man sie, gefesselt und unter Drogen gesetzt, einem Publikum vorgeführt hatte. Und das über ihr schwebende Grauen . . . Ich sagte nichts davon.

»Vielleicht. Aber auf *mich* werden sie ganz gewiß keine Rücksicht nehmen.«

Miellyn stand bereits in der Vertiefung, über der der Krötengott hockte.

»Direkt hinter der Sommerschneebrücke ist ein Straßenschrein. Wir können in einem Sprung dort sein.« Plötzlich versteifte sie sich in meinen Armen. Ein Schauer lief ihren Rücken hinab. »Evarin! – Halt mich fest, er ist nach hier unterwegs! Schnell!«

Der Raum drehte sich um uns, dann . . .

Läßt sich Unmittelbarkeit in Bruchteile zerlegen? Es ergab keinen Sinn, aber genau das passierte, auch wenn es unglaublich klingt. Und alles, was passierte, geschah in weniger als einer Sekunde. Wir landeten im Straßenschrein. Ich sah die Säule, die Brücke und die über Charin aufgehende Sonne. Dann schien sich etwas in mir zu verzerren, ein eisiger Luftzug umwehte uns – und wir blickten staunend auf das Polargebirge, das von ewigem Schnee bedeckt war.

Miellyn klammerte sich an mich. »Bete! Bete zu deinen terranischen Göttern, wenn es welche gibt!«

Sie klammerte sich mit solcher Kraft an mich, daß ich den Eindruck hatte, sie wolle meinen Körper durchdringen, um auf der anderen Seite wieder hervorzukommen. Mir erging es nicht anders. Miellyn wußte, wie man sich in einem Transmitter verhielt; ich war nur ihr Begleiter, und der Gedanke, daß wir uns irgendwo im schwarzen Nichts zwischen den Stationen verloren, gefiel mir ganz und gar nicht.

Wir machten einen erneuten Sprung. Das starke Gefühl der Desorientierung ließ Miellyn aufstöhnen. Die Dunkelheit, die uns umgab, flimmerte. Ich sah auf eine unbekannte Straße. Es war dunkle Nacht, und die Sterne lagen hinter einer Staubwolke verborgen. Miellyn wimmerte. »Evarin weiß, was wir tun. Er läßt uns über den ganzen Planeten springen. Er kann die Anlage mit Geisteskraft bedienen. Psychokinetik ... Ich verstehe nur wenig davon, aber ich habe niemals gewagt ... Oh, halt dich *fest*!«

Dann begann eines der erstaunlichsten Duelle, die je ausgefochten wurden. Miellyn machte eine winzige Bewegung – und dann fielen wir, blind und von einem Schwindel ergriffen, durch die Schwärze. Sobald wir uns inmitten des Nichts befanden, wurden wir in eine andere Richtung geschleudert und blickten auf eine andere Straße.

Einmal roch ich heißen Kaffee. Der Duft kam aus dem Café in der Nähe der Kharsa. Augenblicke später erschien uns grellrotes Mittagslicht, dann fanden wir uns zwischen blutroten Farnen an einem Gewässer wieder. Wir passierten die nach Salz riechende Luft Shainsas, sahen Blumen auf einer Straße Daillons, Mondlicht, Sonnenschein und rotes Zwielicht. Es kam und ging, und wir rasten durch die schwindelerregende Schrecklichkeit des Hyperraums.

Dann fiel mein Blick plötzlich zum zweitenmal auf die Brücke und die Säule; ein unaufmerksamer Moment hatte uns für einen Augenblick nach Charin zurückgebracht. Die Schwärze fing an, sich wieder um uns zu drehen, aber meine Reflexe sind schnell, und ich machte einen raschen, stolpernden Schritt vorwärts. Wie aneinander festgebunden, stürzten wir taumelnd auf den Boden der Sommerschneebrücke. Wir waren wie zerschlagen und hatten allerlei abbekommen – aber wir lebten noch und waren an unserem Ziel.

Ich hob Miellyn hoch. Ihre Augen spiegelten Schmerz wider. Als wir über die Brücke liefen, schien der Boden unter unseren Füßen zu wanken. Auf der anderen Seite angelangt, sah ich zu der Säule hinauf. Von unserem Standort aus gesehen, konnten wir nicht mehr als dreißig Meter von dem Fenster entfernt sein, das wir auf dem Monitorschirm gesehen hatten. Es gab auf dieser Straße eine Weinstube, eine Seidenhandlung und ein kleines Privathaus. Ich ging auf das letztere zu und klopfte an die Tür.

Stille. Ich klopfte erneut und überlegte, was ich sagen sollte, wenn wir einem gänzlich Unbeteiligten gegenüberstanden. Dann hörte ich die hohe Stimme eines Kindes und ein tiefes, bekanntes Organ, das es zur Ruhe rief. Die Tür öffnete sich nur um einen Spalt – und offenbarte ein narbiges Gesicht, das sich zu einem abstoßenden Grinsen verzog, bevor es sich entspannte.

»Ich dachte mir schon, daß du es bist, Cargill. Du hast mindestens drei Tage länger gebraucht, als ich gedacht habe«, sagte Rakhal Sensar. »Na, dann komm mal rein.«

15

Er hatte sich in den sechs Jahren nicht sehr verändert. Sein Gesicht sah tatsächlich schlimmer aus als meins, denn die Plastikchirurgen des terranischen Geheimdienstes hatten ihm natürlich nicht zur Verfügung gestanden. Mir fiel auf, daß sein Mund höllisch schmerzen mußte, wenn er ihn zu dem Grinsen verzog, das er mir momentan zeigte. Seine Augenbrauen – sie waren buschig und von grauen Fäden durchzogen – hoben sich erstaunt, als er Miellyn sah. Dann wich er zurück, ließ uns hinein und schloß hinter uns die Tür.

Der Raum war kahl und sah nicht so aus, als würde tatsächlich jemand hier leben. Der Boden bestand aus groben Steinplatten, und vor einem Kohlebecken lag ein einsames Fell. Ein kleines Mädchen saß davor und trank aus einem großen Krug mit zwei Henkeln. Als wir eintraten, stand es auf, wich bis an die Wand zurück und musterte uns mit großen Augen.

Das Haar des Mädchens war blaßrot wie das Julis. Es war über seiner Stirn gerade abgeschnitten. Die Kleine trug ein Kleid aus gefärbtem rotem Pelz, der beinahe der Farbe ihres Haars entsprach. Sie hatte offenbar gerade Milch getrunken, denn über ihrer Oberlippe war noch ein weißer Rand zu sehen. Sie war etwa fünf Jahre alt und hatte dunkle Augen, die mich ernst, aber ohne Überraschung oder Furcht musterten. Offenbar wußte sie, wer ich war.

»Rindy«, sagte Rakhal, ohne mich aus den Augen zu lassen, »geh nach nebenan.«

Rindy bewegte sich nicht. Sie starrte mich noch immer an. Dann bewegte sie sich auf Miellyn zu und musterte die auf ihrer Brust leuchtenden Stickereien. Es war ziemlich still in dem Raum, dann sagte Rakhal mit sanfter und erstaunlich gemäßigter Stimme: »Hast du immer noch einen Skean, Race?«

Ich schüttelte den Kopf. »Auf Terra gibt es einen uralten Spruch, Rakhal: Blut ist dicker als Wasser. Das Kind dort ist Julis Tochter. Ich habe nicht vor, ihm seinen Vater zu nehmen, wenn es dabeisteht.« Dann übermannte mich die Wut, und ich schrie: »Zum Teufel mit diesen verdammten Trockenstädter-Fehden, eurem ekligen Krötengott und allem anderen!«

Rakhal sagte rauh: »Rindy, ich habe gesagt, du sollst hinausgehen.«

»Sie kann ruhig hierbleiben.« Ich machte einen Schritt auf das kleine Mädchen zu und hielt ein wachsames Auge auf Rakhal gerichtet. »Ich weiß zwar noch nicht genau, auf was du abzielst, aber es ist bestimmt nichts, in das das Kind verwickelt werden sollte. Du kannst tun, was dir Spaß macht. Ich stehe dir jederzeit zur Verfügung. Aber zuerst wird Rindy von hier weggebracht. Sie gehört zu Juli, und – verdammt noch mal! – dort wird sie auch hingehen.« Ich hielt dem Mädchen die Arme entgegen und sagte: »Es ist vorbei, Rindy, was immer er dir angetan hat. Deine Mutter hat mich geschickt, um dich zu holen. Möchtest du nicht mit mir zu deiner Mutter gehen?«

Rakhal machte eine drohende Geste und sagte warnend: »Wenn du glaubst . . .«

Miellyn warf sich zwischen uns und riß das Kind in ihre Arme. Rindy fing an, sich lautlos zu wehren. Sie trat um sich und wimmerte, aber Miellyn machte zwei rasche Schritte und öffnete eine Tür, die in den Nebenraum führte. Rakhal versuchte sie zu packen, aber Miellyn wirbelte herum, tat alles, um das sich sträubende Kind festzuhalten, und sagte keuchend: »Macht es zwischen euch aus – aber ohne daß das Kind dabei zusieht!«

Durch die offene Tür sah ich ein Bett und mehrere Kinderkleider, die an einem Haken hingen. Dann warf Miellyn die Tür ins Schloß, und ich hörte, wie sie einen Riegel vorlegte. Hinter der geschlossenen Tür fing Rindy nun lauthals an zu schreien. Ich stellte mich mit dem Rücken gegen die Füllung.

»Sie hat recht. Wir tragen es zwischen uns allein aus. Was hast du dem Kind angetan?«

»Falls du etwa glaubst . . .« Rakhal unterbrach sich mitten im Satz, blieb stehen und sah mich bewegungslos an. Dann lachte er.

»Du hast nicht das geringste dazugelernt, Race. Ja, du Tölpel, ich wußte genau, daß Juli sich sofort an dich wenden würde, wenn ihre Angst erst einmal groß genug geworden war. Ich wußte, daß dich das aus deinem Versteck locken würde. Ja, du verdammter Einfaltspinsel!« Er stand da und verhöhnte mich, aber hinter seinem Gelächter verbarg sich nur mühsam zurückgehaltene Wut.

»Du bist ein dreckiger Feigling, Race! Du hast dich sechs Jahre lang in der terranischen Enklave versteckt gehalten! Sechs Jahre – und ich hatte dir sechs Monate gegeben! Hättest du den Mumm gehabt, mit mir hinauszugehen, nachdem ich das letzte Ding gedreht hatte, um dich abzusichern – wir hätten uns der größten Sache überhaupt annehmen können. Und zusammen hätten wir es geschafft. Dann hätten wir unser Leben nicht mehr mit Spionieren, Untertauchen und Jagen verbringen müssen! Und jetzt, wo du dein Versteck verlassen hast, steht dir der Sinn nach nichts anderem, als so schnell wie möglich wieder in seine Sicherheit zurückzukehren! Ich hätte dir mehr Mumm zugetraut!«

»Aber nicht für die schmutzigen Pläne Evarins!«

Rakhal stieß einen unbändigen Fluch aus. »Evarin! Du glaubst doch nicht etwa . . . Ich hätte damit rechnen müssen, daß er dich auch in den Griff bekommt! Das Mädchen . . . Du hast es geschafft, alles, was ich getan habe, wieder zu zerstören!« Ganz plötzlich – so schnell, daß meine Augen ihm kaum folgen konnten – riß er seinen Skean heraus und drang auf mich ein. »Weg von der Tür!«

Ich blieb stehen. »Nur über meine Leiche. Ich werde nicht gegen dich kämpfen, Rakhal. Wir bringen die Sache zu Ende. Aber diesmal auf meine Weise. Wie Erdenmenschen.«

»*Du Sohn eines Affen!* Los, zieh, du feiger Hund!«

»Ich werde nicht ziehen, Rakhal.« Ich blieb stur und unbeweglich stehen. Ich hatte schon Trockenstädter bei einer *Shegri*-Wette ausmanövriert. Ich kannte Rakhal, ich wußte, daß er keinen unbewaffneten Menschen töten würde. »Wir haben uns mit den *Kifirgh* geschlagen, ohne daß es zu einem Resultat kam. Diesmal machen wir es auf meine Weise. Ich habe meinen Skean weggeworfen, bevor ich kam. Ich werde nicht mit dir kämpfen.«

Er stieß zu. Obwohl ich deutlich sah, daß der Schlag nur eine Finte war, zuckten in diesem Augenblick die funkelnden, auf meine Handflächen abzielenden Messerklingen Dallisas durch meinen Geist. Trotz des Entschlusses, mich um keinen Preis von der Stelle zu rühren, sorgten meine schieren Reflexe dafür, nach Rakhals Gelenken und dem Skean zu greifen.

Ich spürte, wie er sich krümmte, wie sich die Richtung der Klinge änderte und mein Hemd mit einem Ratsch zerriß. Dann fühlte ich eine Berührung, aber noch keinen Schmerz, als der Stahl durch meine Haut schnitt. Erst dann tat es mir weh. Ich verspürte einen starken Schmerz und das Rinnen heißen Blutes. Ich wollte Rakhal plötzlich umbringen, wollte meine Hände um seinen Hals legen und ihn erwürgen. Und gleichzeitig kämpfte ich wie ein Wilder gegen mich und meine eigenen Gefühle. Ich wollte diesen verdammten Narren *nicht* umbringen, ich war nicht einmal wütend auf ihn . . .

Miellyn stieß die Tür auf und schrie. Dann raste der freigelassene Spielzeugvogel auf Rakhals Gesicht zu. Er war das summende Entsetzen in Person. Aber ich hatte nicht einmal die Zeit, Rakhal zu warnen. Ich duckte mich und schlug ihm in den Magen. Er grunzte, klappte vor Schmerz zusammen und fiel aus der Bahn des hinabtauchenden Spielzeugvogels. Das Ding schwebte mit einem surrenden Geräusch unentschlossen umher.

Rakhal, der sich vor Schmerz auf dem Boden krümmte, zog die Knie an und krallte die Finger in sein Hemd. Ich wandte mich in blanker Wut Miellyn zu – und hielt inne. Was sie getan hatte, war ein Schritt reiner Verzweiflung gewesen, ein instinktiver Akt, um das Gleichgewicht zwischen einem bewaffneten und unbewaffneten Mann wiederherzustellen. Völlig außer Atem röchelte Rakhal mit heiserer Stimme: »Wollte ... es ... nicht ... anwenden ... Wollte ... lieber ... ehrlich ... kämpfen ...« Dann öffnete er die geschlossene Faust, und plötzlich befanden sich *zwei* der summenden Schrecken im Raum. Einer der Vögel wandte sich nun mir zu. Ich warf mich der Länge nach zu Boden, und vor meinem inneren Auge schob sich das letzte Stück des Puzzles an seinen Platz: Evarin hatte mit mir und Rakhal den gleichen Handel abgeschlossen!

Ich rollte mich weiter, blieb in ständiger Bewegung. Hinter mir erklang der laute, schrille Schrei eines Kindes. »Papa! Papa!« Die Vögel verhielten abrupt in der Luft und fingen an zu zittern. Dann fielen sie wie Steine zu Boden und blieben dort bebend liegen. Rindy durchquerte mit wehendem Kleid den Raum und nahm jedes der abscheulichen und hinterlistigen Dinger in eine Hand.

»Rindy – nicht!« schrie ich.

Sie stand zitternd da. Tränen liefen über ihre rundlichen Wangen. Sie hielt die beiden Spielzeugvögel fest gepackt. An ihren Schläfen traten die Adern dunkel hervor. »Mach sie kaputt, Papa«, flehte sie mit geschwächter Stimme. »Mach sie kaputt – *schnell.* Ich kann sie nicht mehr lange ha ...«

Rakhal kam taumelnd wie ein Betrunkener auf die Beine, nahm den ersten Vogel an sich und trat mit dem Fuß darauf. Er wollte nach dem zweiten greifen, während er den ersten mit dem Absatz zerquetschte, aber dann schnappte er hörbar nach Luft und preßte die Hände auf seinen Magen. Der Vogel kreischte wie ein Lebewesen.

Ich durchbrach das mich lähmende Entsetzen, sprang auf, eilte durch den Raum und dachte mit keinem Gedanken an den Schmerz in meiner Seite. Ich riß Rindy den schrill kreischenden Vogel aus der Hand und zerstampfte ihn mit den Füßen. Ich trat so lange auf der sich immer noch bewegenden amorphen Masse herum, bis sie nur noch aus einem Häufchen Pulver bestand.

Schließlich gelang es Rakhal, sich wieder aufzurichten. Sein Gesicht war so blaß, daß seine Narben wie frische Brandwunden leuchteten.

»Das war ein heimtückischer Anschlag, Race, aber ich ... ich weiß, warum du es tun mußtest.« Er hielt inne und holte Luft. Dann murmelte er: »Du ... hast mir das Leben gerettet, weißt du? Hast du dir etwas dabei gedacht?«

Immer noch schwer atmend, nickte ich. Da ich es mit Absicht getan hatte, bedeutete das, daß unsere Fehde beendet war. Was immer wir uns gegenseitig angetan hatten, trotz unserer Gelöbnisse. Ich sagte die Worte, die das Ende der Fehde bestätigten, für immer und ewig: »Zwischen uns steht ein Leben. Es soll so bleiben, bis einer von uns stirbt.«

Miellyn stand in der Tür zum Nebenraum. Sie hielt beide Hände vor den Mund gepreßt und starrte uns an. Schließlich sagte sie zitternd: »Du läufst mit einem Messer zwischen den Rippen herum, du Narr!«

Rakhal machte eine blitzschnelle Bewegung und zog den Skean heraus. Er hatte sich lediglich in meinem Hemd, in einer Falte des groben Stoffes, verfangen. Er nahm ihn beiseite, musterte die blutrote Spitze der Klinge und entspannte sich. »Die Wunde kann kaum zwei Zentimeter tief sein«, meinte er. Und dann, etwas wütender, als müsse er sich verteidigen: »Daran bist du selbst schuld, du Affe. Ich wollte das Messer gerade wegwerfen, als du auf mich zusprangst.«

Aber das wußte ich, und er wußte, daß ich es wußte. Rakhal drehte sich um und nahm Rindy, die laut vor sich hin schluchzte, auf den Arm. Sie preßte ihr Gesicht gegen seine Schulter und sagte mit erstickter Stimme: »Die anderen Spielsachen haben dir weh getan, als ich wütend auf dich war ...« Sie schluchzte und verrieb die Tränen auf ihren schmutzigen Wangen. »So wütend war ich nie auf dich. Ich war auf keinen so wütend ... nicht einmal auf ihn.«

Rakhal legte seine Hand auf das wollige Haar seiner Tochter und sagte, indem er mich über ihren Kopf hinweg ansah: »Das Spielzeug aktiviert die unbewußten Verstimmungen, die Kinder gegen ihre Eltern haben – soviel habe ich herausgefunden. Das bedeutet ebenso, daß das Kind sie für ein paar Sekunden kontrollieren kann. Erwachsene können dies nicht.« Ein Fremder hätte in seinem Ausdruck keine Veränderung bemerkt, aber ich schon, denn ich kannte ihn.

»Juli dachte, du würdest das Kind einer Gefahr aussetzen.«

Er stellte Rindy lachend wieder auf die Beine.

»Was hätte ich sonst tun sollen, um Juli genügend zu verängstigen, damit sie zu dir lief? Juli ist stolz; sie ist beinahe so stolz wie du, du hochnäsiger Sohn eines Affen.« Die Beleidigung traf mich jetzt nicht mehr.

»Na, komm, setz dich hin, damit wir einen Beschluß über das fassen können, was wir jetzt tun. Die alte Sache ist ja nun erledigt.« Er schenkte Miellyn einen kurzen Blick und sagte: »Du mußt Dallisas Schwester sein. Kann man davon ausgehen, daß deine Talente auch das Aufbrühen von Kaffee mit einschließen?«

Rakhals Annahme war ein Fehlschluß, aber mit der Hilfe Rindys kam Miellyn klar, und während die beiden sich im Nebenraum aufhielten, bekam ich von Rakhal ein paar kurze Erklärungen.

»Rindy hat rudimentäre ESP-Fähigkeiten. Ich habe sie nie gehabt, aber ich konnte ihr ein bißchen beibringen, wie man sie nutzt. Es war nicht viel. Ich klebe schon sehr lange an Evarins Fersen. Ich wäre ihm schon eher auf die Schliche gekommen, wenn du mit mir zusammengearbeitet hättest, aber als terranischer Agent hätte ich gar nichts tun können. Also mußte ich in einer Form den Dienst quittieren, daß niemand mehr auf den Gedanken kam, ich würde heimlich weiter für Terra arbeiten. Lange Zeit bin ich lediglich irgendwelchen Gerüchten nachgejagt, aber als Rindy groß genug war, um in Nebrans Kristalle zu blicken, machte ich die ersten Fortschritte. Ich traute mich nicht, Juli davon zu erzählen. Sie konnte nur dann völlig sicher sein, wenn sie nichts wußte. Sie ist in den Trockenstädten stets eine Außenseiterin geblieben.« Er hielt inne. Dann sagte er mit ehrlicher Selbsteinschätzung: »Seit ich den Geheimdienst verlassen habe, bin ich dort selbst nur noch ein Fremder.«

»Und was ist mit Dallisa?« fragte ich.

»Zwillinge sind irgendwie durch ESP miteinander verbunden. Ich wußte, daß Miellyn zu dem Spielzeugmacher gegangen war. Ich versuchte, Dallisa dazu zu bewegen, etwas über ihren Aufenthaltsort herauszufinden, weil ich mehr wissen wollte. Dallisa wollte das Risiko nicht eingehen, aber Kyral sah mich mit ihr und hielt sie für Miellyn. Deswegen hängte er sich an meine Spur, und ich mußte aus Shainsa verschwinden. In bezug auf Kyral fürchtete ich das Schlimmste, denn er ist zu allem fähig. Und ohne Rindy konnte ich überhaupt nichts tun. Hätte ich Juli über meine Tätigkeit informiert, hätte sie Rindy genommen und wäre mit ihr in die terranische Enklave gegangen. Dann wäre ich so gut wie tot gewesen.«

Während seiner Worte wurde mir allmählich klar, welch riesiges Netz die Untergrundorganisation Nebrans für uns ausgelegt hatte.

»Evarin war heute hier. Aus welchem Grund?«

Rakhal lachte freudlos. »Er hat versucht, uns dazu zu kriegen, daß wir uns gegenseitig umbringen. Damit wäre er uns beide losgeworden. Er möchte, daß die Macht auf Wolf gänzlich in die Hände der Nichtmenschen übergeht. Er verfolgt diesen Plan ernsthaft, aber ...« – er breitete hilflos die Arme aus – »ich kann nicht einfach stillsitzen und mir die Sache ansehen.«

Ich fragte ihn geradeheraus: »Arbeitest du für Terra? Für die Trockenstädter? Oder für eine der antiterranischen Bewegungen?«

»Ich arbeite für *mich*«, erwiderte Rakhal mit einem Achselzucken. »Ich halte zwar nicht viel vom Terranischen Imperium, aber ein einzelner Planet kann schließlich nicht gegen die ganze Galaxis kämpfen. Ich will nur eins erreichen, Race: Ich möchte, daß die Trockenstädte und die übrigen Teile dieses Planeten in ihrer Regierung eine eigene Stimme haben. Jede Welt, die einen wesentlichen Beitrag zur galaktischen Wissenschaft leistet, erhält laut den Gesetzen des Imperiums den Status eines unabhängigen Gemeinwesen. Wenn jemand aus den Trockenstädten so etwas wie einen Materietransmitter erfindet, erhält Wolf den Status eines Dominions. – Aber Evarin und seine Bande wollen diese Erfindung geheimhalten. Sie wollen sie vor der Erde verstecken und sie in Städten wie Canarsa installieren! Jemand muß dafür sorgen, daß das nicht passiert. Und wenn ich derjenige bin, bekomme ich nicht nur eine ansehnliche Belohnung, sondern auch eine offizielle Position.«

Das glaubte ich ihm, wenngleich ich erwartet hatte, er würde seine Uneigennützigkeit etwas stärker betonen. Rakhal wechselte das Objekt.

»Du hast Miellyn; sie kann dich durch die Transmitterstationen bringen. Du solltest zum Hohen Schrein zurückkehren und Evarin erzählen, daß Race Cargill tot ist. In der Handelsstadt hält man mich für dich – ich kann nach Belieben dort ein und aus gehen. Es tut mir leid, wenn ich dir Schwierigkeiten bereitet habe, aber irgendwie mußte ich mich ja schützen. In kann Magnusson anrufen und ihm sagen, er soll die Garde in Bewegung setzen, um die Straßenschreine abzuriegeln. Vielleicht wird Evarin versuchen, durch einen davon zu entwischen.«

Ich schüttelte den Kopf. »Wir haben auf Wolf nicht genügend Männer. Wir könnten nicht mal alle Straßenschreine von Charin bewachen. Und mit Miellyn kann ich nicht zurückkehren.« Ich erklärte es ihm. Rakhal schürzte die Lippen und stieß einen Pfiff aus, als ich ihm beschrieb, wie wir geflohen waren.

»Du bist ein Glückspilz, Cargill! Ich bin ihnen nicht einmal so nahe gekommen, um herauszufinden, ob sie wirklich funktionieren – und ich wette, daß du ihr Prinzip nicht einmal durchschaut hast. Dann müssen wir es eben auf die harte Tour versuchen. Es wäre ja nicht zum ersten Mal, daß wir uns mit Hilfe unserer Ellbogen eine Gasse bahnen! Wir gehen geradewegs in die Höhle des Löwen hinein. Wenn Rindy bei uns ist, brauchen wir uns keine Sorgen zu machen.«

Ich war zwar grundsätzlich bereit, ihm die Führung zu überlassen, meldete aber dennoch Protest an.

»Du willst das Kind mit in diese . . . diese . . .«

»Was sollen wir sonst tun? Rindy kann die Spielsachen kontrollieren – was du und ich nicht können, wenn Evarin auf den Gedanken kommt, sein ganzes Arsenal gegen uns aufmarschieren zu lassen.« Er rief nach Rindy und redete leise auf sie ein. Sie blickte von ihrem Vater auf mich. Dann sah sie wieder ihren Vater an, lächelte und hielt mir die Hand hin.

Bevor wir uns auf die Straße begaben, musterte Rakhal mit einem finsteren Blick die Stickereien auf Miellyns Gewand. »Damit erzeugst du in Shainsa eine Aufmerksamkeit wie ein Schneesturm. Wenn du so auf die Straße gehst, könnte es einen Auflauf geben. Hättest du dir das nicht besser vom Halse schaffen sollen?«

»Das geht nicht«, protestierte Miellyn. »Sie sind der Schlüssel zum Transmittersystem!«

Rakhal musterte den gestickten Götzen mit einem neugierigen Blick. Dann sagte er: »Dann achte darauf, daß niemand die Stickereien sieht. Rindy, besorg ihr etwas, was sie sich überziehen kann.«

Als wir den Straßenschrein erreichten, meinte Miellyn: »Stellt euch eng zusammen auf die Steine. Ich bin mir nicht sicher, ob wir den Sprung alle auf einmal machen können, aber wir werden es eben versuchen.«

Rakhal nahm Rindy auf den Arm und drückte sie an seine Schulter. Miellyn ließ den Umhang fallen, der die Stickereimuster verbarg. Wir klammerten uns aneinander. Die Straße flimmerte und verschwand, und ich spürte das schwindelerregende Zerren der Schwärze, bevor die Welt sich wieder zusammensetzte. Rindy wimmerte leise und fuhr sich mit schmutzigen Händen übers Gesicht. »Papa, meine Nase blutet ...«

Miellyn beugte sich hastig vor und wischte ihr das Blut vom Näschen. Rakhal machte eine ungeduldige Geste.

»Die Werkstatt. Zerstört alles, was ihr seht. Rindy – wenn irgendwas auf uns losgeht, hältst du es an, aber schnell.« Er bückte sich und nahm ihr kleines Gesicht zwischen beide Hände. »Und – *Chiya* – vergiß nicht, daß es keine Spielsachen sind, so hübsch sie auch aussehen mögen.«

Rindys ernste graue Augen blinzelten. Dann nickte sie.

Mit einem Schrei stieß Rakhal die Tür zur Gnomenwerkstatt auf. Das Klingen der Ambosse zerbrach in tausend Mißtöne, als ich eine Werkbank umwarf und die halbfertigen Spielzeuge krachend zu Boden fielen.

Die Gnome zerstreuten sich angesichts unseres vernichtenden Angriffs wie eine Kaninchenherde. Ich zerschmetterte Werkzeuge, Filigrane und Edelsteine, zertrat alles, was mir unter die Stiefel kam. Ich zerbrach Glas, packte einen Hammer und zerschlug Kristalle. Ich wurde immer ausgelassener.

Eine winzige Puppe mit den Proportionen einer Frau kam auf mich zugejagt und stieß einen schrillen Schrei aus. Ich erwischte sie mit dem Fuß und trat das Leben aus ihr heraus, wobei sie aufschrie, als sei sie ein lebendes Wesen. Ihre blauen Augen fielen zu Boden und sahen mich an. Ich zertrat sie mit dem Absatz.

Rakhal wirbelte einen winzigen Hund an seinem Schwanz herum, bis er nur noch ein Abfallhaufen aus kleinen Rädchen und Metallteilen war. Ich packte einen Stuhl und zerschlug damit einen Glasschrank, der bald darauf umkippte. Ich benahm mich wie ein rasender Berserker und konnte mit meinem Vernichtungswerk kaum noch aufhören.

Ich geriet dermaßen in Rage, daß mich erst Miellyns Schrei wieder zur Besinnung brachte. Auf ihre Warnung hin drehte ich mich um und sah Evarin, der in der Tür stand. Seine grünen Katzenaugen flammten zornig auf. Dann hob er beide Arme. Es war eine plötzliche, sardonische Geste. Mit einem schlaffen, unmenschlichen Gleiten eilte er auf den Transmitter zu.

»Rindy«, keuchte Rakhal, »kannst du den Transmitter blockieren?«

Statt einer Antwort rief Rindy mit schriller Stimme: »Wir müssen hier raus! Das Dach stürzt ein! Das Haus fällt über uns zusammen! Das Dach, paßt auf das Dach auf!«

Ich sah nach oben, starr vor Schreck. Ich sah, wie ein breiter Riß auseinanderklaffte und durch die brechenden Wände Tageslicht zu uns hereinströmte. Rakhal packte Rindy, schützte sie mit dem Kopf und den Schultern vor herabstürzenden Trümmerstücken und rannte los. Ich faßte Miellyn an den Hüften und zerrte sie auf den Spalt zu, der sich in einer der Mauern bildete. Wir hatten uns kaum hindurchgezwängt, als das Dach nach innen kippte und die Wände zusammenkrachten. Wir fanden uns auf einem grasbewachsenen Hügel wieder und starrten bebend in die Tiefe. Fels und nackter Boden schoben sich zusammen, stürzten Stück für Stück ein.

Miellyn schrie heiser: »Lauft! Lauft – schnell!«

Ich verstand zwar nichts, rannte aber trotzdem. Ich kämpfte mit Seitenstichen und meiner Wunde, aus der jetzt wieder Blut floß. Ich hatte sie fast vergessen. Miellyn war neben mir. Rakhal stolperte mit Rindy auf dem Arm hinter uns her.

Dann warf mich eine Explosionsdruckwelle zu Boden. Miellyn fiel auf mich. Rakhals Knie knickten ein, und Rindy fing laut an zu weinen. Als ich wieder einigermaßen klar sehen konnte, stand ich auf und sah mich um.

Von Evarins Versteck und Nebrans Hohem Schrein war außer einem riesigen, klaffenden Loch, aus dem noch immer schwarze Rauchwolken quollen, nichts übriggeblieben. Miellyn sagte wie benommen: »Also das hat er vorgehabt!«

»Vernichtet, alles vernichtet!« schäumte Rakhal. »Die Werkstatt, die ganze Spielzeug-Technologie, die Transmitter – kaum daß wir ihn gefunden haben!« Er schlug mit geballter Faust gegen seine Handfläche. »Jetzt haben wir keine Chance mehr ...«

»Wir sollten uns freuen, daß wir mit dem Leben davongekommen sind«, warf Miellyn ein. »Aber wo sind wir hier überhaupt?«

Ich sah den Abhang hinunter und blieb erstaunt stehen. Unter uns breitete sich die Kharsa aus – und in ihrer Mitte erhob sich das weiße Gebäude des Hauptquartiers. Ich sah den riesigen Raumhafen.

»Wir sind zu Hause«, rief ich aus. »Rakhal – du kannst

nun Frieden mit den Terranern schließen – und mit Juli. Und du, Miellyn . . .« Da ich ihr vor den anderen meine Gedanken nicht erzählen konnte, legte ich ihr eine Hand auf die Schulter. Sie lächelte mich an, und in ihrem Lächeln war wieder eine Spur ihrer alten Boshaftigkeit.

»So kann ich mich in der terranischen Enklave nicht sehen lassen. Hast du deinen Kamm noch? Rakhal – leih mir dein Hemd, mein Gewand ist zerrissen.«

Ich gab ihr den Kamm. Plötzlich fiel mir an der Stickerei auf ihrer Brust etwas auf. Bis jetzt hatte ich in ihr lediglich das stilisierte Abbild des Krötengottes gesehen. Aber jetzt . . .

»Rakhal«, brach es aus mir heraus, »schau dir doch mal die Randsymbole an! Du kannst diese alte Nichtmenschenschrift doch lesen! Miellyn sagte, die Stickerei sei der Schlüssel zur Benutzung des Transmittersystems. Ich möchte wetten, daß die Lösung hier steht – sichtbar für jeden; zumindest aber für den, der sie entschlüsseln kann. Ich kann es leider nicht, aber zweifellos ist die Formel in jede Abbildung des Krötengottes, die du auf dieser Welt finden kannst, eingestickt oder eingraviert. Rakhal, dahinter steckte eine Methode. Wenn man etwas verbergen will, hat man zwei Möglichkeiten: Entweder versteckt man es vor den Augen der Welt – oder man hält es sämtlichen Blicken feil. Wer macht sich schon die Mühe und sieht sich den Krötengott genauer an? Man kann ihn millionenfach auf diesem Planeten finden.«

Rakhal untersuchte Miellyns Gewand aus der Nähe. Als er den Kopf wieder hob, war sein Gesicht vor Aufregung gerötet. »Bei Sharra«, sagte er laut, »ich glaube, du hast recht. Es kann Jahre dauern, bis die Symbole dechiffriert sind, aber es dürfte nicht unmöglich sein. Ich werde es versuchen, und wenn ich dabei draufgehe!« Im Überschwang seiner Freude sah sein vernarbtes Gesicht beinahe hübsch aus.

Ich lachte. »Vorausgesetzt, Juli läßt noch etwas von dir übrig, nachdem sie weiß, welches Spiel du mit ihr getrieben hast. – Rindy ist schon auf dem Gras eingeschlafen. Die arme Kleine. Wir bringen sie jetzt besser zu ihrer Mutter.«

»Du hast recht.« Rakhal hob sie auf seine Arme. Mit einem unerklärlichen Gefühl beobachtete ich ihn: Entweder hatte sich in ihm oder in mir etwas verändert. Es fiel mir zwar nicht schwer, mir meine Schwester mit einem Kind vorzustellen, aber der Anblick Rakhals, der Rindy sorgsam in die Falten seines Umhanges wickelte, um sie vor der steifen Brise zu schützen, kam mir irgendwie seltsam vor.

Miellyn humpelte auf ihren dünnen Sandalen auf mich zu und zitterte.

»Frierst du?« fragte ich.

»Nein, aber ... ich glaube, daß Evarin nicht tot ist. Ich fürchte, er ist davongekommen.«

Einen Augenblick lang verdüsterte dieser Gedanke den hellen Morgen. Dann sagte ich achselzuckend: »Wahrscheinlich liegt er in dem großen Loch da unten begraben.« Aber mir war klar, daß ich mir dessen niemals sicher sein konnte.

Wir gingen nebeneinander her, und ich legte meinen Arm um die müde vor sich hin stolpernde Frau. Und schließlich sagte Rakhal leise: »Wie in den alten Zeiten.«

Aber ich wußte, daß es nicht so war wie in den alten Zeiten. Rakhal wußte es auch – er würde es wissen, wenn seine Hochstimmung der Ernüchterung Platz machte. Was mich anbetraf, so hatte ich von den Ränkespielen genug, und darüber hinaus hatte ich das Gefühl, daß dies auch für Rakhal das letzte Abenteuer gewesen war. Wie er selbst gesagt hatte, würde es ihn Jahre kosten, die Transmittergleichung zu dechiffrieren. Und ich hatte das Gefühl, daß mein solider Schreibtisch am nächsten Morgen eine ganz andere Wirkung auf mich ausüben würde als bisher.

Aber ich wußte jetzt, daß ich nie wieder einen Versuch unternehmen würde, mich von Wolf abzusetzen. Die Sonne, die jetzt aufging, war die meine – und ich liebte sie. Dort unten wartete meine Schwester auf mich, deren Kind ich zurückbrachte. Mein bester Freund ging neben mir. Was kann sich ein Mensch sonst noch wünschen?

Und wenn mich die Erinnerung an dunkle Giftbeerenaugen in irgendwelchen Alpträumen heimsuchen würde – am hellichten Tag würde ich frei von ihnen sein. Ich sah Miellyn an, nahm ihre schlanke, ungefesselte Hand und schritt lächelnd mit ihr durch das Stadttor. Erst jetzt, nach all den Jahren auf diesem Planeten, verstand ich das Verlangen und die uralte Sitte, eine Frau unter Verschluß halten zu wollen. Und während wir weitergingen, nahm ich mir vor, keine Zeit zu verlieren, den nächsten Juwelier aufzusuchen und ihn eine perfekte Eisenkette schmieden zu lassen, um die Hand meiner Geliebten auf ewig an mich zu binden.

Bitte beachten Sie
die folgenden Seiten

Marion Zimmer Bradley

Der Darkover-Zyklus

Die Bände in der Reihenfolge
ihrer inneren Chronologie

Landung auf Darkover
Roman 63653

*

Herrin der Stürme
Roman 62835

*

Die Zeit der Hundert Königreiche
Roman 63584

*

Herrin der Falken
Roman 63886

*

Die Erben von Hammerfell
Roman 62861

*

Die zerbrochene Kette
Roman 62862

*

Das Zauberschwert
Roman 62807

Gildenhaus Thendara
Roman 62834
*
Die Schwarze Schwesternschaft
Roman 62846
*
Der verbotene Turm
Roman 63553
*
Kräfte der Comyn
Roman 62851
*
Die Winde von Darkover
Roman 62803
*
Das Schwert des Aldones
Roman 62860
*
Die blutige Sonne
Roman 62822
*
Hasturs Erbe
Roman 63515
*
Sharras Exil
Roman 62863
*
Die Weltenzerstörer
Roman 62855

Marion Zimmer Bradley

Die Zeit der hundert Königreiche

Roman

Moewig bei Ullstein
Nr. 63584

Die Geschichte spielt in der Vergangenheit des Planeten DARKOVER: Die Nachfahren der gestrandeten Raumfahrer von der Erde haben PSI-Kräfte entwickelt und eine eigene Kultur aufgebaut. Doch noch herrscht das Zeitalter des Chaos, noch ist der Planet in über hundert Königreiche zerfallen, die einander bekriegen. Schon viele Darkovaner haben davon geträumt, ihren Planeten zu einen und das Chaos zu beenden, aber zwei kraftvolle Persönlichkeiten nehmen diese Aufgabe nun ernsthaft in Angriff. Doch beide sind erbitterte Gegner ...

MOEWIG BEI Ullstein